오래도록 남아 전해질 전설

사자바위

김세완 **지음**

지은이 김세완

추자도에 처음 왔을 때 깊은 인상을 받은 사자 형상의 섬에 매료되어 나름 판타지를 얹어 보았습니다.

* 이 도서에 나오는 인명, 지명, 역사적 사실 등은 실제와 다를 수 있습니다.

목차

2권

1

마녀 수구미

후풍도 앞바다에선 멀리 영주산을 희미하게 뒤로하고 낡은 배 한 척이 잔잔한 바다를 지나고 있었다. 나지막이 깔린 안개는 음산하게 피부를 감돌며 바닷물을 검게 물들였다. 배에 타고 있는 그들은 남루한 옷에 검게 그을린 피부를 하고 보기에도 흉한 얼굴로 노래하며 술을 마시고 있었다.

에헤라 상사디야 이 바다는 어인 바다인고
우리가 생활하고 우리가 누비는 황금의 바다로세
에헤라 상사디야 하백께서 보살피사 우리들의 터전일세
에헤라 상사디야

그들이 흥에 겨워 술 마시고 춤추며 노래하고 있을 때, 저 멀리서 아주 커다란 손이 하늘하늘 춤을 추면서 그들의 배로 다가오고 있었다. 빙글빙글 돌기도 하며, 수면에 보일 듯 말듯 아름다운 얼굴을 누이고, 물속으로 사라졌다 나타나곤 하면서 손과 팔은 교태로이 수면을 미끄러지면서 그들을 홀리고 있었다.

세상에 이렇게 아름답고 신비로운 손이라니! 모두 그 손의 춤에 취하여 몽롱한 상태에 빠져 그들의 목적지도 잊은 채 몽환의 세계로 빠져들었다.

다시 정신을 차려 뱃머리를 돌리려 할 때 아름다운 그 손이 배를 뒤집어 물속으로 가라앉혔다.

순간 고요하던 바다는 아수라장으로 변하여 배에 있던 사람들은 사력을 다하여 앞에 보이는 육지를 향하여 헤엄치기 시작하였다. 아름다운 손은 그들이 약탈한 보물들을 거두어 가버렸다. 바다는 아무 일도 없었다는 듯이 검푸른 물결과 음산한 안개를 남긴 채 고요를 되찾고 있었다.

2

항상 허전함을 느끼는 수구미

수구미는 그녀의 창고에 쌓인 보물들을 바라보며 입가엔 흐뭇한 미소를 지었다. 그러나 창고에 값진 보물들이 쌓이면 쌓일수록 그녀의 마음 한구석에는 무언가 채워지지 못한 허전함이 더해갔다.

'이 많은 보물을 가지고도 왜 이렇게 마음 한구석이 허전할까. 이 빈 공간을 채울 수가 없구나. 아, 나도 마땅한 배필을 만나면 이 허전한 마음을 채울 수 있을까?'

그녀는 은연중 마땅한 배필을 찾고 있었다.

풍문에 의하면 가락국의 셋째 왕자가 걸출한 인품, 수려한 외모에 사자 같은 용맹함과 세상의 이치에 잘 대처하는 지혜를 겸비한 당대 최고의 인물이라는 소문이 들려왔다.

그녀는 어느샌가 소문의 왕자를 흠모하여 왕자를 만나보기로 작정하였다. 그녀의 마음은 이미 처녀의 연분홍 순정으로 가슴 설레기 시작했다.

3

천상에서 쫓겨난 수구미

원래 수구미는 천제의 지시를 받아 천상의 보물을 관리하는 직책에 있었다. 그녀는 이 보물들이 마치 자신의 소유품인 양, 금빛 은빛 찬란하고 은은한 옥빛의 보물들을 관리하며 돌보는 것이 너무나 행복하였다. 어느 날, 천제의 잔칫날 상에 올릴 술잔을 옮기다 그만 실수하여 두 개의 은잔을 깊은 바다로 빠트리고 말았다. 그래서 그녀는 꾀를 부려 동으로 만든 술잔에 은빛이 나는 색을 입히고 평소에 만만하게 여기고 있는 견우와 직녀의 자리에 차려놓았다. 수구미는 평소에도 견우와 직녀를 보면 고개를 빳빳하게 세우곤 본체만체하며 거만을 떨었다. 견우와 직녀의 자리에 가짜 은 술잔을 차려놓는 것엔 아무런 부담감도 없었다.

손님들이 오기 시작했다. 흰 수염을 멋지게 드리운 품위 있는 백두산 신령, 검은 수염 휘날리는 호랑이 눈썹의 영주산 신령, 언제나 선비의 모습을 잃지 않는 단아한 모습의 태백산 신령, 호탕한 성격에 자신의 차림새에는 관심이 없는 지리산 신령, 샌님 같은 얌전한 오대산 신령. 이렇게 각지의 신령들이 동시에 입장하고 있었다. 뒤를 이어 기회만 왔다 하면 기회를 놓치지 않는 바람둥이 해모수가 멋을 부리며 들어오는데, 물의 신 하백이 거들먹거리며 오는 해모수를 보고는 못 본 체 고개를 돌려 연회장으로 들어가는데 해모수가 쫓아와 하백의 손을 덥석 잡고는 반갑게 인사하니, 하백도 어쩔 수 없이 멋쩍게 인사하고는 들어갔다.

곧이어 천상에서 다정하기로 소문난 연인이 들어왔다. 농사를 관장하는 견우, 길쌈을 관장하는 직녀가 짝을 이루어 다정하게 이야기하며 들어가고, 지하를 관장하는 염라대왕이 미처 정리하지 못한 사자 명부를 들고 허둥대며 들어가니, 천제께서 눈살을 찌푸리면서, "저 양반은 항상 저렇게 바빠."

염라대왕 하는 말이 "아, 글쎄 저승사자가 명부를 잘못 기록하여 내가 급히 고치느라고…."

뒤를 이어 장독대를 지키며 장독의 각종 장류를 지키는 꾸부정한 철륭신, 모든 악귀를 몰아내어 집안을 안전하게 지키는 험상궂은 문전신, 음식 맛을 관장하는 얌전하고 조용한 조왕신, 길흉을 관장하는 성주신, 생명 연장을 관장하는 칠성신, 백팔요괴에게 영혼을 판 아름다운 마고신 등이 줄지어 들어가고, 이여도 여인국을 다스리며 미래를 알려주는 절세미인 여사제가 하얀 비단을 두르고 들어가니 순간 연회장은 더욱더 빛을 발하였다. 천하를 두루 살피며 선악을 구분 짓는 사천왕, 청춘남녀의 사랑을 맺어주는 오작신, 이렇게 여러 손님이 왔다.

옥으로 만들어진 잔칫상에 화려한 금은 그릇에는 갖가지 산해진미로 가득한 음식과 빛나는 은잔은 잔칫상을 더욱 화려하게 했다.

수구미가 향기로운 백로주를 신들의 은잔에 가득 따르니 모두 잔을 들고 천제님의 만수무강을 기원하며 잔치의 흥이 점점 무르익어 갔다.

그런 와중에 견우의 은색 잔이 누렇게 변해버렸다. 견우는 변해버린 술잔을 보고는 나를 하대하는구나 하며 화를 참고 있는데, 직녀의 술잔도 색이 누렇게 변해버렸다. 견우는 모멸감을 느껴 직녀에게 눈짓을 하며 돌아가자는 신호를 보냈다.

견우와 직녀는 화를 참지 못하고 그들의 별로 돌아가 버렸다. 순간 초대받아 왔던 손님들은 영문을 몰라 웅성거리고, 수구미는 얼굴이 새파랗게 질려 어찌할 바를 몰라 하고, 분위기는 찬물을 끼얹은 듯 숙연해졌다.

이에 화가 난 천제는 수구미가 자신의 체면을 손상시켰다 하여 그녀를 후풍도 근처에 있는 푸랭이섬으로 보내버리고 다시는 천상으로 오지 못하게 하였다. 푸랭이섬으로 오게 된 수구미는 천상에서 하던 버릇대로 보물만 보게 되면 거두어 가버리는 것이었다. 그녀는 중얼거렸다.

"난 보물만 보면 흐뭇해. 내 눈에 보이는 보물은 모두 내 창고에 있어야 마음이 놓여. 나도 어쩔 수가 없단 말이야."

그녀는 빼어난 후풍도의 경관과 휘황찬란한 보물들을 즐기며 하루하루를 흐뭇해하며 지냈다. 그러나 마음 한구석에는 무언가 채워지지 못한 허전함이 자리하고 있었다.

4

헤거루 왕자와 수구미의 조우

헤거루는 말을 타고 숲길을 가고 있었다. 숲은 향기로 가득하였고 휘어진 멋진 언덕을 올라 조금 가니 숲 향기만큼이나 정갈하고 아리따운 젊은 아가씨가 마주 오고 있었다. 참으로 아름답다고 생각하는 순간, 그녀는 돌부리에 걸려 넘어지고 말았다.

그녀는 가냘픈 신음 소리를 내며 일어나질 못하고 있었다. 헤거루는 얼른 말에서 내려 그녀에게 다가가 부축하여 일으켜 세웠으나 그녀는 제대로 서질 못하고 주저앉고 말았다. 헤거루는 잠시 망설이다 그녀를 안고 숲 그늘로 들어가 자리를 깔아 앉히고 그녀의 상태를 확인하기 위하여 물었다.

"지금 상태가 어떠하시오?"

그러자 그녀는 얼굴을 붉히며 말했다.

"돌부리에 걸려 넘어졌는데 전혀 움직이질 못하겠어요."

"내가 좀 봐도 되겠소?"

그러자 그녀는 얼굴을 붉히며 치맛자락을 살짝 걷어 올렸다. 하얀 피부가 보일 듯 말 듯 옅은 분홍빛을 발하며 수줍은 듯 드러났다. 헤거루는 자세히 살펴보고는 말했다.

"다행히 상처는 없는 듯하오. 다만 다리근육이 놀라 뭉친 듯하니 내가 풀어드리겠소."

헤거루는 그녀의 다리를 풀기 시작했다. 이 순간 그녀는 너무나 황홀해 마치 꿈속을 헤매는 듯 몽롱한 세상을 경험하였다. 그녀는 생각했다. '차라리 이대로 있었으면….'

그녀의 마음은 이미 헤거루와 수백 번의 교류가 오간 듯한 착각 속으로 빠져들고 있었다. 꿈같은 시간은 순식간에 지나고 그녀를 사정없이 현실의 세계로 끌고 왔다.

헤거루가 그녀의 다리를 한참을 풀고 나서 그녀에게 물었다.

"이제 좀 어떠한지요?"

"예, 이젠 괜찮아요. 정말 감사합니다. 실례지만 누구시온지 알려주시면 보답하고 싶습니다."

"예, 나는 수로왕의 셋째아들 헤거루라 합니다. 당연한 일을 한 것뿐입니다. 그런데 아가씨는 누구시온지요?"

"예, 저는 후풍도에서 온 수구미라 합니다."

두 사람의 이야기는 마치 오래전에 우정을 나눈 친구나 연인같이 정다운 눈빛을 교환하며 친근하게 이야기를 주고받았다. 그러면서 그녀는 후풍도에 대한 자랑을 헤거루의 귀가 솔깃하도록 늘어놓고는, 후풍도로 오는 방법도 빼어놓지 않고 알려주며 꼭 한번 방문해 달라고 말하였다. 헤거루도 마음이 동하여 그렇게 하겠다고 답하였다.

헤거루의 모험심에 불을 지핀 수구미는 감사하다는 말을 남기고 여행길을 계속했다. 수구미는 길을 가는 내내 황홀경에 빠져 구름 위를 걸어가는 듯 가볍게 걸으며 헤거루의 손길을 느끼고 있었다.

수구미는 바람결에 흥얼거리며 콧노래를 부르며 걸음도 가벼이 길을 떠나갔다.

태워도 태워도 남아있을 것을
철썩이는 파도만 내 가슴에
부딪치고 부딪쳐 멍이 들어
영롱한 사랑의 옥빛을 남기려나
멀고 먼 옛날 옛적 사랑의 전설을
입에서 입으로 전하여
하이얀 꽃가루 되어 덮어주려나

5

김수로왕의 분노

헤거루가 돌아왔을 때 가락국에선 수로왕이 군사 작전 회의를 열고 있었다. 석탈해군의 침략으로 가락국 백성들이 고통받고 있다는 보고에 수로왕은 분노하여 탈해군을 물리치기 위한 군사 회의를 열고 있었다. 적군의 상황 보고에 따라 일진과 이진으로 나뉘어 포위 섬멸한다는 작전이었다. 이에 헤거루는 스스로 일진을 맡겠노라고 나서니, 수로왕은 크게 기뻐하며 헤거루 왕자로 하여금 일진을 맡도록 하였다.

다음날 일찍 모든 병들이 전투준비를 갖추자 헤거루는 일진을 이끌고 적진을 향해 나아갔다. 적의 진영과 마주하자 헤거루의 지시에 따라 일진은 이열횡대로 창을 들고 적을 향하여 전진하였다. 잘 갖추어진 일진의 공격에 탈해군은 전열도 제대로 갖추지 못한 채 속수무책 무너지며 갈라지기 시작하였다. 이때 수로왕이 이끄는 본진이 포위해 들어가니 탈해군은 도망하기 바빴다. 이때를 놓치지 않고 헤거루가 이끄는 일진도 칼을 빼어 들고 적들을 향해 쳐들어갔다.

대부분의 탈해군은 창에 찔리거나 칼에 베여 사망하고 겨우 남은 몇몇은 탈해와 함께 해안으로 피신하여 배를 타고 도주하였다. 탈해군이 패하여 도주하였을 때는 해가 아직도 정오에 걸려있었다.

탈해는 동쪽 해안을 따라 북상하다 조그마한 어촌마을에 정착하였다. 어촌마을은 '나정'이었고, 후일 그는 그곳에서 정착하여 나라를 세웠다.

6

수로왕의 위용

탈해군과의 전투에서 압승하고 돌아온 수로왕을 가야 백성은 열광적으로 환영하였다. 수로왕은 궁에 도착하자 허 황후를 대동하고 나타나 모여있는 병들과 백성을 향하여 이렇게 말하였다.

"오늘의 이 승리는 우리 모든 병사들의 피와 땀으로 이루어진 결과이다. 내 어찌 그대들의 노고를 모른다 하겠는가. 오늘 이 승리의 결과를 그대들의 영광으로 돌리며 또한 그대들과 함께하는 본인은 무한한 영광으로 생각하는 바이다. 이 땅에 평화와 번영이 영원무궁하길 바라는 바이다."

그러자 모든 사람이 환호와 함께 수로왕을 더욱 존경하게 되었다. 수로왕은 모든 병들에게 후한 상을 내리고 잔치는 사흘 동안 계속되었다.

수로왕은 헤거루 왕자를 불러 말하였다.

"이번 전투는 그대의 뛰어난 전술로 인하여 아군의 몇몇 부상자를 제외하곤 한 명의 사망자도 없으니 공이 지대하도다. 내 그대에게 상을 내릴까 하는데 원하는 것이 있다면 말해보아라."

이에 헤거루는 겸손하게 말하였다.

"이 모든 것은 대왕님의 탁월하신 능력 덕분입니다. 저에게 상을 주시려면 바다를 여행할 수 있는 배를 한 척 주시면 좋겠습니다."

그러자 옆에 있던 허 황후가 이렇게 말했다.

“대왕께서는 왕자의 안전을 위하여 큰 배를 내려주시지요.”

수로왕은 흔쾌히 승낙하고, 큰 배를 하사하고 무사 항해를 기원하며 헤거루의 목에 하백의 목걸이를 걸어주며 “이 목걸이가 너를 보호해 줄 것이다.” 하였다.

헤거루는 항해를 위한 계획을 짜고 있었다. 그에게는 미지세계에 대한 모험심이 강하게 일어나고 있었다. 언덕 위의 솔바람도 그의 모험심을 더욱 자극하고 있었다.

7

허 황후

허 황후의 이름은 허황옥이다. 그녀는 인도의 아유타국의 공주로 정략결혼으로 가락국의 수로왕과 결혼하였다. 아유타국의 왕은 왕권을 더욱 굳건히 하기 위하여 양질의 철이 생산되는 가야로부터 철을 수입하고 있었다. 그러한 관계로 아유타국은 가락국과의 관계를 더욱 굳건히 할 필요에 따라 가락국으로 사신을 보내 정략결혼을 성사시켰다. 허황옥이 가야로 올 때 많은 옷감과 향료와 파사탑을 가지고 왔다.

허황옥과 수로왕은 서로가 첫눈에 반하였고 수로왕은 허 황후를 극진히 사랑하였다. 이후 허 황후는 7명의 아이를 낳았는데 그중 셋째아들 헤거루 왕자를 가장 사랑하였다. 헤거루 왕자는 허 황후를 가장 많이 닮았고 또한 총명하며 용맹하였다.

그러한 헤거루를 수로왕 역시 매우 사랑하였다.

8

하백의 목걸이

수로왕과 하백의 관계는 이러하였다. 하백에게는 세 딸이 있었는데 첫째 딸은 이름이 유화고 둘째 딸의 이름은 훤화고 셋째 딸의 이름은 위화였다. 첫째 딸 유화는 아버지의 반대에도 불구하고 바람둥이 해모수와 혼인을 하니, 하백은 유화가 가문을 더렵혔다 하여 유화를 우발수로 쫓아버렸다.

바람둥이 해모수는 사욕을 취하고는 유화를 버리고 가버리니 하백은 상심하여 식음을 전폐하여 날로 쇠하여 갔다. 이때 수로왕은 허 황후가 가져온 파사탑의 일부를 도려내어 약을 만들어 하백에게 먹이고 지극정성으로 돌보았다. 하백은 다시 원기를 회복하고 물을 지배하게 되었다.

허 황후는 이때 자기가 가져온 파사탑에 손상을 입히는 것을 격렬히 반대하였다. 이에 수로왕은 이렇게 말했다.

"우리의 땅은 동쪽과 서쪽은 강이고 남쪽은 바다요. 나는 땅을 다스리는 자이고 하백은 물을 다스리는 자이오. 만약 큰물이 우리의 땅을 휩쓸고 지나간다면 내가 어찌 물의 기운을 다스리겠소."

하니 허 황후도 어쩔 수 없이 승낙하였다.

하백은 수로왕에게 감사하며 둘은 형제의 의를 맺었고 이때 하백은 수로왕에게 목걸이를 주며 물로 위기를 맞이할 때, 그 위기를 벗어나기 위해 사용하라며 하백의 형상을 한 옥 목걸이를 주었다. 헤거루에게 준 목걸이는 바로 그 목걸이였다.

8

후풍도 원정대

명석하고 용맹한 선운은 책임감이 투철하고 건장한 체격을 소유한 젊은이였다. 그는 어릴 적부터 헤거루와 어울려 다녔으며, 헤거루 또한 선운을 각별히 신뢰하며 동갑내기 친구로 지내고 있었다.

헤거루가 선운에게 더 넓은 세상을 함께 경험하지 않겠느냐고 말하자 선운도 바라고 있던 터라 흔쾌히 동의하였다. 둘은 앞으로 있을 항해에 대한 계획을 짜고 있었다. 선운은 자기가 알고 있는 당리를 추천하였다.

당리는 성격이 불같고 몸은 보통 사람의 곱절이나 되었고 선박 건조에 탁월한 재주가 있었다. 당리는 쾌활한 사람이었다. 당리는 자기 친구인 고도와 임계를 추천하였다. 고도는 성격이 차분하고 달과 별을 볼 줄 알았고 항해술에 능하였다. 임계는 자맥질과 당대 최고의 궁사로 활솜씨가 뛰어났다.

이렇게 다섯 명의 젊은이는 의기투합하여 원정대를 결성하였고 열여섯 명을 추가로 모집하였다.

헤거루의 지시에 따라 그들은 항해에 필요한 각종 물자를 준비하고,

준비가 완료되자 헤거루는 수로왕과 허 황후를 알현하고 떠나겠다고 하니, 허 황후는 눈물을 글썽이며 헤거루에게 그녀가 차고 있던 팔찌를 주며 무사 귀환을 빌었다.

21명의 원정대는 더디어 대항해를 위한 희망과 설렘을 안고 배에 올랐다. 수로왕은 선운과 당리, 고도, 임계를 별도로 불러놓고 각별한 당부를 하였다.

“내가 그대들은 각별히 아끼고 신임하는 젊은이들로 이번 원정에 합류하게 된 것을 참으로 고맙고 기쁘게 생각하는 바이다. 앞으로 어떠한 고난과 역경이 있더라도 왕자를 잘 보필하고 무사 귀환하길 바란다.”

헤거루는 대기 중인 배에 올라 대원들의 군장과 모든 것을 점검한 후 출항을 명령하였다. 드디어 배는 돛을 올리고 많은 사람의 환송을 받으며 출항하였다.

9

거로국에서 전투를 벌이다

가슴 가득히 희망을 안고, 바람은 돛을 한껏 부풀려 배를 희망차고 빠르게 밀고 있었다. 젊은 그들만큼이나 역동적이고 푸르른 물결에 몸을 맡기고 원대한 꿈을 수평선에 띄우고, 언제 오마는 약속도 없이 그들은 물결을 헤치고 나아가고 있었다.

며칠을 순탄하게 항해하던 중 하늘에는 짙은 먹구름이 끼고 강한 바람이 불기 시작했다. 그들은 돛을 내리고 가까이 보이는 육지를 향하여 노를 저었다. 해안에 배를 정박한 후 쉬어 갈 곳을 찾아 숲으로 들어갔다. 어느 틈엔가 한 무리가 다가와 그들을 에워싸고 창을 겨누었다.

그들의 우두머리인 듯한 사람이 다가와 물었다.

"어디서 온 누구며 무슨 일로 오셨소?"

헤거루가 말했다.

"나는 가락국에서 온 수로왕의 셋째아들 헤거루라 합니다. 우리는 풍랑을 피하여 잠시 쉴 곳을 찾고 있습니다."

그러자 우두머리인 듯한 사람은 헤거루를 향하여 절하며 말했다.

"예, 나는 거로국 학장의 족장인 솔뫼라고 합니다. 우리는 수로 대왕님의 배려로 가락국으로부터 쇠를 공급받고 있습니다. 덕분에 우리들의 생활이 더욱 윤택하게 되었습니다. 왕자님의 방문을 진심으로 환영합니다. 부디 우리의 환대를 물리치지 마시옵소서."

이렇게 하여 헤거루 일행은 족장의 안내를 받아 그들의 마을로 가게 되었다.

헤거루 일행을 위한 성대한 잔치가 열렸고, 헤거루 일행도 그들과 어울려 술 마시고 춤추며 흥겹게 놀았다. 며칠이 지난 후 헤거루는 다시 항해 준비를 마치고 족장 솔뫼에게 감사의 인사를 하기 위하여 족장을 찾았다.

그때 마침 족장이 헤거루를 찾아왔다. 이웃 부족이 과거의 사소한 감정으로 침입해 오니 어서 피하라는 것이었다. 이 말에 헤거루가 선운의 얼굴을 쳐다보며 즉시 퇴거할 것을 명하고 바삐 짐을 챙겨 떠날 준비를 하였다. 그러나 일은 뜻대로 되지 않았다. 이미 적들은 그들이 가야 할 길을 가로막아 길을 차단하고 있었다. 헤거루는 대원들에게 즉시 군장을 완비하고 전투준비를 하라고 지시하였다. 헤거루는 적의 숫자가 얼마나 되는지 물어보고 족장과 작전을 세웠다. 적의 숫자는 백여 명으로 적었다.

작전이 수립되자 헤거루는 마을에 피해가 없게 하기 위하여 마을을 지나 넓은 들판으로 나아갔다. 헤거루는 선운을 보고 전투를 빨리 끝내기 위하여 적의 족장을 먼저 죽이자고 하였다.

전투대형을 갖추고 적을 기다리자 언덕 위로 적의 모습이 나타났다. 적들도 헤거루 진영을 보자 요란한 함성과 함께 도적 떼같이 달려오기 시작했다. 적들이 헤거루의 전투대열에 도달하자 숨을 헐떡이며 진정하려 큰 숨을 들이쉴 때, 헤거루의 신호에 따라 전투대형이 창 모양으로 변형되며 뒤에서 받치고 있던 족장의 군사들은 날개 모양으로 양옆으로 갈라졌다. 적은 우수한 군장의 가야군의 적수가 되지 못하였다.

헤거루는 재빨리 앞으로 전진하여 적장을 찾아 단숨에 베어버렸다. 선운이 적장의 목을 베어 높이 쳐드니 혼비백산한 적은 뿔뿔이 흩어졌다.이때 족장의 군사들이 마구 칼을 휘두르니 그들은 힘없이 무너지며 도망가기 바빴다.

전투는 너무나 쉽게 끝나 버렸다. 전투에서 돌아온 헤거루는 떠날 때가 되었다고 말했다. 족장은 감사하다는 말을 연발하며 항해에 필요한 물품과 선물을 주었다. 족장은 헤거루로부터 많은 전술을 배웠다. 후일 그는 헤거루 왕자로부터 배운 전술을 이용하여 각 부족을 통합하여 대족장이 되었다.

이 이야기는 가야의 수로왕에게도 전해졌다. 수로왕은 헤거루 왕자의 소식에 매우 기뻐하며 무사 귀환을 빌었다.

10

해골과의 전투

거로국 사람들의 전송을 받으며 배는 순풍을 맞아 반짝이는 에메랄드빛 바닷물결을 타고 찬란한 햇빛을 받아 희망에 찬 젊은이들을 태우고 나아가고 있었다. 그러나 순조롭게 나아가던 그들에게 잔인한 태양은 그들을 지치게 하였고, 피부를 태우고 극심한 갈증을 유발시켰다. 그을린 피부는 갈라지고 입술은 메말라 모든 선원은 지쳐갔다.

고도는 배를 모래사장이 있는 곳으로 배를 몰아 정박하였다. 그들은 비몽사몽간에 지친 몸을 이끌고, 모래사장을 지나 숲 그늘 아래로 들어가 거추장스러운 군장을 풀고 물을 찾기 시작했다. 다행히도 물은 가까이 있었다. 물속으로 들어가 마음껏 물을 마시고 수영하며 피로를 풀었다. 다시 숲 그늘로 들어가 잠들기 시작했다. 피곤한 몸은 금방 그들을 꿈길로 인도하였다.

천국이 따로 없었다. 입을 벌리고 자는 사람, 코를 골며 자는 사람, 잠꼬대를 하는 사람. 그렇게 그들은 천국 놀이를 하고 있었다.

얼마나 지났을까. 잠귀 밝은 임계가 이상한 소리에 눈을 떠, 도마뱀 같은 커다란 괴물이 다가오는 것을 보고 크게 소리쳤다.

"괴물이다! 일어나라!"

모두 화들짝 놀라 일어났다. 그러나 한 명이 괴물에 물려 질질 끌려가고 있었다. 모두 칼을 빼어 들고 괴물을 공격하였다. 괴물은 물고 있던 한 명을 던져버리고 그들을 공격해 왔다. 괴물이 휘두르는 꼬리는 너무나 강력하여 대원 한 명이 꼬리에 맞아 맥없이 나가떨어졌다. 칼로 내리쳤지만 소용이 없었다. 괴물의 비늘이 너무 단단하였다. 이때 헤거루가 말했다.

"모두 바위 절벽 아래로 모여라!"

바위 절벽 아래로 모여 괴물의 공격을 막고 있을 때 헤거루는 나뭇가지를 모아 불을 지폈다. 바짝 마른 나뭇가지는 금방 활활 타올랐다. 타오르는 불덩이들을 괴물을 향하여 던지자, 괴물은 불덩이를 맞고 비명을 지르며 도망갔다.

상황이 진정되자 다친 대원을 치료하기 시작했다. 괴물에 물렸던 대원은 다리에 큰 상처를 입었다. 상처를 치료하고 그는 지팡이를 만들어 짚었다. 그들은 필요한 물을 배로 나르고, 그런 후 거기서 야영을 하였다. 이미 해가 저물었기 때문에 불을 지피고 저녁을 먹은 후 교대로 감시하며 불이 꺼지지 않게 하였다.

다음 날 아침, 눈 부신 햇살이 그들을 어루만지고 있을 때 새로운 에너지를 충전한 그들은 출항 준비를 하였다. 간단히 아침을 먹고, 어제 갔던 냇가로 가서 세수를 하고 헤거루가 앞을 보니 개울 옆에는 덩굴로 가려진 동굴이 어렴풋이 보였다. 헤거루가 덩굴을 헤치고 자세히 살펴보니 동굴이 나타났다. 동굴 입구 옆에는 모래에 반쯤 파묻혀 있는 해골이 있었다. 동굴 입구는 덩굴로 가려져 얼른 보고는 잘 알아볼 수 없는 곳이었다.

헤거루는 늘어진 덩굴을 헤치고 안으로 들어갔으나 어두워 잘 볼 수 없자, 같이 온 대원들을 불러 횃불을 밝히게 하고 안으로 들어가 보았다. 한참을 헤맨 후 횃불에 불그레한 빛을 반사하는 벽면 아래로 그들의 눈길을 끄는 물체가 있었다. 거기에는 평범하지 않은 허름한 궤짝이 네 개가 있었다. 헤거루가 열어보니 눈부신 진귀한 보물들로 가득했다. 그들은 순간 어안이 벙벙하여 서로 얼굴을 마주 보며 말했다.

"이건 분명 꿈이 아니지?" 하며 서로가 쳐다보았다.

헤거루의 명령에 따라 궤짝을 여러 명이 들고 옮기기 시작했다. 어제의 긴박하였던 순간도 잊어버린 채 발걸음도 가벼웠다. 동굴 밖으로 나오자 당리가 모래에 묻혀있는 해골을 향하여 말하며 호탕한 웃음을 날렸다.

"여보게, 이 보물은 우리가 잘 간직할 테니 걱정 말게나."

모두가 얼굴 가득 웃음 띤 즐거움도 잠시, 그들의 얼굴은 사색이 되었다. 반쯤 묻혀 있던 해골들이 모래를 헤치고 일어났다. 여기저기서 우직, 우직하며 모래를 헤치고 해골들이 나오기 시작했다. 해골들은 녹슨 칼을 들고 공격해 오기 시작했다.

깜짝 놀란 헤거루 일행은 칼을 빼어 들고 싸우기 시작했다. 해골의 목을 자르면, 해골은 땅에 떨어진 머리를 손으로 더듬어 다시 붙이고 공격해 왔다. 칼로 가슴을 찌르면 칼은 허공을 찔렀다. 어쩔 수 없이 발로 차기도 하고 칼로 베기도 하며 그들은 정박해 놓은 배로 도망쳤다. 해골들은 머리를 반대로 붙여 뒤로 달려오는 놈, 다리를 팔과 바꾸어

붙여 절뚝거리는 놈, 그 모습은 정말 가관이었다.

겨우 배에 올라 보니 해골들은 물속으로는 들어오지 못하고 멀거니 쳐다만 보고 있었다. 해골 두목은 칼을 휘두르며 동료 해골들의 전진을 외쳐댔지만 해골들은 물속으로는 한 놈도 들어오지 못하고 있었다.

배에 오른 헤거루 일행은 해골들을 보고 깔깔대며 웃었다.

해골 군단에게는 물에 들어가지 못하는 약점이 있었던 것이다. 보물을 배에 실은 그들은 마냥 행복하기만 했다. 헤거루와 선운은 느긋하게 선창에서 잠들고 당리는 갑판에서 콧노래를 부르고, 고도는 뱃길의 방향을 잡고, 임계는 활시위를 손보며 느긋한 항해는 계속되었다.

바람이 불어오는 곳
그곳은 꿈의 타래를 풀어
젊음이 역동하는 곳이라
한없는 자유와 우정을 품에 안고
젊음의 결속으로 이루어진 그들은
끝없는 항해와 모험 속으로

11

울돌목의 위기

헤거루 일행이 순탄하게 항해하던 중, 바다에는 짙은 안개가 깔리고 한 치 앞을 분간할 수 없게 되었다.

어디를 둘러보아도 짙은 안개뿐 아무것도 보이지 않았고, 바다에선 기분 나쁜 소리가 사방에 깔려 들려오기 시작했다. 평소 침착하던 고도가 얼굴이 새파랗게 질려 헤거루 앞에 와서 말하였다. 그의 얼굴에는 두려움으로 핏기가 사라진 창백한 모습과 함께 떨리는 목소리는 가련하기조차 하였다.

"왕자님, 큰일 났습니다. 우리 배가 울돌목에 들어선 듯합니다. 울돌목은 바다가 운다고 하여 울돌목이라 하는데, 울돌목의 그 우는 소리를 들으면 사람이 미쳐버린다고 합니다. 그리고 배는 해류에 휘말려 헤어날 수 없는 곳입니다."

그러자 헤거루는 즉시 귀를 막고 노를 저으라고 명령하였다. 그들은 있는 힘껏 노를 저었다. 그러나 배는 점점 해류에 휘말려 들어가기 시작하였다. 불길한 소리는 마귀와 같이 뱃전을 휘감고 돌며 죽음의 구렁텅이로 재촉하였다.

그들의 사력을 다한 노력에도 불구하고 배는 해류의 소용돌이 속으로 빠져들었다. 더 이상 힘을 쓸 수 없게 된 절체절명의 순간이었다. 그때 헤거루는 목에 걸고 있는 목걸이를 잡고 소리쳤다.

"하백께서는 정녕 우리를 버리시려 합니까!"

그의 울부짖음과 동시에 물속에서 물거품을 일으키며 흰 수염의 거대한 하백이 솟구쳐 올랐다.

피부는 구릿빛으로 탄탄한 근육에, 머리는 흰 천으로 묶어 흰 머릿결을 단정히 하고, 하얀 눈썹 아래 빛나는 맑은 눈동자의 결연한 의지를 품은 강인한 모습에, 붉은 입술은 열리지 않는 바위 같은 육중함을 지니고 있었다.

하백은 아무런 말도 없이 그 우람한 몸으로 해류에 휘말린 배를 한 손으로 잡고 끌기 시작했다. 배는 해류의 소용돌이에서 빠져나와 안전한 곳에 이르러서야 하백의 손을 벗어났다. 그리곤 하백은 아무런 일도 없었다는 듯 다시 물속으로 사라졌다.

헤거루와 일행들은 환호성을 올리면서 기뻐하였다. 그들을 구해준 하백께 감사하며 항해는 계속되었다.

12

미인국에서(흥선국)

울돌목에서 위기를 벗어난 헤거루 일행은 휴식을 위하여 장소를 찾던 중, 선착장이 잘 갖추어진 곳을 발견하고 그곳으로 배를 몰아 정박하였다.

배를 정박하자 창을 든 여전사들이 위협하며 무장해제를 요구하였다. 이에 헤거루는 우리는 단지 휴식을 위하여 온 것이니 하선을 허락하여 줄 것을 부탁하였다. 그러자 여전사는 우리 여왕의 허락이 있어야 하니 대표자만 따라오라 하였다. 이에 헤거루는 선운을 대동하고 여전사의 안내에 따라 여왕 앞에 당도하였다. 옥빛의 단아한 차림을 한 여왕이 물었다.

"형색을 보아하니 귀한 집 자손인 듯한데 무슨 일로 우리 땅에 오셨습니까?"

"예, 나는 수로왕의 셋째아들 헤거루라 합니다. 우리는 항해 중 울돌목에서 죽을 고비를 넘겨 겨우 살아남아 잠깐 휴식을 취하고자 합니다. 너그러운 배려가 있으시길 바랍니다."

헤거루의 공손한 대답에 여왕은 흡족해하며 말했다.

"오, 내 그대의 소문은 익히 들어 알고 있소. 울돌목을 무사하게 통과하였다니 그대는 예사 사람은 아닌 듯하오. 그러나 당신은 우리의 관습에 따라 내일 나와 세 가지 시합을 하여 당신이 모두 이긴다면 당신이 헤거루 왕자임을 인정하고 며칠간의 체류를 허락하겠소."

그러자 헤거루는 흔쾌히 승낙하였다. 그러고는 동료들에게로 돌아가 그들의 군장을 배에 남겨둔 채 여전사의 안내를 받아 어떤 곳으로 이동하였다. 그들이 도착한 곳에서는 남자들이 여자들의 지시를 받아 일하고 있었다.

다음날 여왕은 그날 있을 세 가지 시합을 제시하였는데, 그중 한 가지라도 지게 되면 즉시 떠나야 한다는 것이었다. 세 가지 시합은 창던지기, 바위 던지기, 수영이었다. 헤거루는 승낙하고 담담한 표정으로 돌아와 선운에게 말하니 선운은 너무 쉽다며 별것 아니란 표정이었다.

다음날 드디어 여왕과의 시합이 시작되었다. 시작을 알리는 북소리와 함께 여왕이 나타났다. 여왕이 먼저 창을 들고 던졌다. 시합을 지켜보던 사람들은 깜짝 놀랐다. 여왕이 던진 창은 한참을 날아가 무려 백오십 발을 지나 땅에 꽂혔다. 여전사들이 환호성을 올렸다. 임계가 선운을 보고 말했다.

"아마 우리가 오늘 떠나야 하는 날인가보다."

"아니야, 기다려 보게. 놀라게 될 거야."

헤거루가 무표정하게 창을 들었다. 그리곤 힘껏 던졌다. 창은 허공을 가르며 힘 있게 날아가 여왕의 창이 꽂혀 있는 지점을 넘어 무려 사십 발은 더 날아갔다. 이번엔 가야인들의 환호성이 터져 나왔다.

다음은 바위 던지기였다. 여왕이 먼저 커다란 바위를 들고 어깨 위로 올려 던졌다. 커다란 바위는 여왕의 어깨를 벗어나 열 보를 날아가 쿵 하며 둔탁한 소리를 내며 땅에 떨어졌다. 모두 숨을 죽이고 지켜보았다. 헤거루는 여왕이 던진 돌을 그 자리에서 들고 여왕을 향하여 던졌다. 여왕이 놀라 고개를 숙였지만 돌은 여왕의 키를 훌쩍 넘어 떨어졌다. 또 한 번 가야인들의 함성이 터졌다.

마지막으로 수영이 남았다. 두 사람은 수영 시합 장소로 이동하였다. 옷을 벗고 신호에 따라 동시에 물로 뛰어들었다. 여왕이 앞서 나아가기 시작했다.

점점 거리가 멀어지며 여왕이 먼저 반환점을 돌았다. 뒤이어 헤거루도 반환점을 돌았다. 가야인들의 얼굴에는 실망의 표정이 역력했다. 그러나 곧 반전이 일어났다. 헤거루가 갑자기 빨라지며 여왕을 간신히 앞질러 결승점에 도착하여 뭍으로 올라섰다.

뒤이어 올라오는 여왕을 향하여 손을 내밀고 여왕을 끌어 올렸다. 여왕의 얇은 속옷이 물에 젖어 속살을 비추었다. 시녀가 그녀의 가운을 입히자 여왕은 싸늘한 눈길을 남기고 가버렸다. 가야인들의 환호성을 뒤로한 채.

시합이 끝나고 모두 숙소로 돌아왔을 때는 저녁이었다. 여왕으로부터 연회가 있다는 전갈이 왔다. 모두 연회장으로 가며 선운이 헤거루에게 살짝 물었다.

“왕자님, 오늘 수영하실 때 무슨 일이 일어난 거죠? 아무래도 뭔가 좀 이상하잖아요."

그러자 헤거루는 씨익 웃으며 손가락을 입에 대고 귀엣말로 비밀스레 말했다.

그러자 선운은 깜짝 놀라는 표정을 지으며 머리를 절레절레 흔들었다. 연회장에 도착한 그들은 여왕의 환대를 받으며 즐거운 저녁 식사를 가진 연후, 흥선국의 여전사들과 가야인들은 한데 어울려 아름답고 즐거운 향연을 계속 이어갔다. 광장 한가운데에는 젊음의 열정 같은 불꽃이 피어오르며 여왕의 헤거루 왕자를 향한 뜨거운 눈길이 불꽃을 일으키고 있었다. 헤거루는 여왕으로부터 침실도 제공받았다.

두 사람의 사랑이 끝을 모르고 이어질 때, 강인하였던 여왕은 헤거루의 품에서 한 마리 작은 새로 안기며 둘만의 환희는 세상을 녹여내고 창조하고 있었다.

며칠 동안의 휴식을 끝내고 헤거루 일행은 다시 항해 길에 올랐다. 여왕에게는 허 황후로부터 받은 오색영롱한 팔찌를 선물하였다.

미인국에서 충분한 휴식을 취한 그들은 새로운 마음으로, 다가오는 앞날을 창창하게 펼쳐진 바다에 띄우고, 그들의 미래에 펼쳐질 모험을 상상하며 지난 즐거웠던 일들을 화제 삼았다. 미인국의 여전사와의 갖가지 놀이는 얼마나 흥겹고 아름다운 추억이었던가.

13

늙은 느티나무 이야기

수구미가 가르쳐준 대로 여인국을 뒤로하고 고요의 바다로 나아갔다. 배는 호수같이 잔잔한 바다를 지나고 있었다. 양옆으로 수많은 섬이 다소곳하게 떠 있고, 항해하는 그들을 반기며 쉬었다 가라는 듯 푸른 숲과 눈부신 백사장을 요염하게 뽐내고 있었다.

그렇게 그들이 고요의 바다를 지나고 있을 때 유독 눈에 띄는 짙은 숲의 섬을 발견하고 거기에서 쉬어가기로 하였다. 해안에다 배를 정박하고 섬을 둘러보고는 오래된 커다란 나무를 발견하고 그곳에 자리를 잡았다. 나무의 둘레는 무려 다섯 명이 안고도 남을 만큼 큰 나무였다. 커다란 나무 주변으로 그보다 절반 정도 되는 나무들로 이루어졌고 나무들이 하늘을 가려 그들이 쉬기에 적당한 그늘을 만들고 있었다.

헤거루의 지시로 대원들은 저녁 준비에 들어갔다.

밥을 짓기 위하여 화덕을 만들고 나뭇가지를 주워 불을 피웠다. 얼마 지나지 않아서 약하게 콜록콜록하는 기침 소리가 들려왔고, 뭔가 불평하는 듯한 소리가 들려 모두 어리둥절하여 주변을 둘러보았다.

그러나 주변에는 아무도 보이질 않고 푸른 숲과 적당히 자란 풀숲이 보일 뿐 사람의 흔적은 보이지 않았고, 불평하는 소리만 들릴 뿐이었다.

그때 이 커다란 나무에서 소리가 들린다고 고도가 말하였다. 모두 귀를 기울여 들어보니 과연 소리의 주인공은 커다란 나무였다.

나무는 중얼거렸다.

"오랜만에 맡아보는 정겨운 냄새지만 너무 매워. 어린 친구들, 장소를 옮겨 주게나."

이에 헤거루는 미안하다는 말과 함께 곧 화덕을 옮기라고 명령하였다. 그러자 나무는 말하였다.

"음~~ 고맙군, 어린 친구들. 오늘 밤은 내 옆에서 편히들 쉬게나."

"아이고, 나무 어르신 감사합니다."

그들은 서로 눈치를 보며 슬금슬금 자리를 옮겨 저녁 식사를 하면서 큰 나무에 대한 궁금증을 이야기하며 혹시 무슨 불행한 일이라도 생기지 않을까 걱정하였다. 그러나 곧 그들을 안심시키는 말이 들려왔다.

"어린 친구들 안심하게나. 내가 인간들과 이야기를 한 지 하도 오래라 함께 이야기를 하고 싶은 거야."

이 말에 모두 안심하고 식사 후에 커다란 나무 아래로 모여 앉았다.

커다란 나무와 헤거루 일행의 끝없는 모험담과 고난의 여정을 밤하늘의 수없이 많은 별만큼이나 그들은 쏟아내고 있었다.

커다란 나무는 자신의 이야기를 다음과 같이 들려주었다.

"나는 느티나무인데, 내 나이는 아마 천오백 살쯤 되나 봐. 이제 하도 오래전이라 나이도 정확하게 몰라. 난 원래 육지의 섬진강 어디에 살았는데 어느 날 아주 커다란 홍수가 일어나 나는 홍수에 휩쓸려 떠내려갔지. 나는 아직도 어린 나이라 어찌할 바를 몰라 두려움에 떨고 있는데, 용감하고 지혜로우신 어머니가 나를 감싸고 함께 떠내려갔지. 어머니의 따뜻한 품 안에서 나는 온전하게 이 섬에 도달하였지. 그러나 나의 어머니는 그만 기력이 다하여 나를 뭍으로 옮긴 후 돌아가시고 말았어.

나는 슬픔도 잠시 뒤로하고 이 황량한 섬을 가꾸기 시작하여 지금의 아름다운 섬을 이루었지. 해풍에 강한 소나무와 동백을 섬 주변에 불러들이고 그 안쪽으론 각종 나무들로 과일이며 열매를 맺게 하여 풍족한 섬으로 만들어 갔다네. 어느 날 여러 명의 못된 인간들이 나타나 섬을 훼손하기 시작하였지. 이에 우리는 섬을 보전하기 위하여 섬 주변을 날카로운 가시 식물로 뒤덮고 인간의 출입을 막았다네.

나는 바람이 실어주는 소식에 만족하며 살고 있는데, 선한 어린 친구들이 온다는 소식에 기꺼이 길을 열었다네. 여기에서 나는 과일과 열매는 얼마든지 가져가도록. 그런데 나도 사실은 한 가지 부탁이 있는데, 큰비가 오기라도 하면 나무들이 피해를 입는 일이 빈번하다네. 중앙에 있는 수로를 좀 더 넓게 정비했으면 하는데, 도와줄 수 있겠나?"

헤거루가 기꺼이 도와드리겠다고 하니, 큰 나무는 너무나 기뻐하며 언제라도 이 섬에 들러 쉬었다 가라며 고마움을 표하였다. 그렇게 하여 공사는 열흘이나 계속되었다.

헤거루 일행은 커다란 나무의 이야기로 별들이 잔치를 치르는 아름다운 그 밤을 숲에 둘러싸여 보냈다.

다음날 그들은 숲의 중앙 깊숙이 들어가 숲이 주는 각종 과일과 열매를 가져와 풍성한 아침을 즐겼다.

배수로 확장공사가 끝나고 며칠이 지난 후 그들은 다시 배에 올라 항해를 시작하였다.

14

끝없는 항해

호수같이 잔잔한 바다에 떠 있는 아름다운 섬들을 지나자 망망대해가 펼쳐지며 물결은 거세게 출렁이기 시작했다.

한 무리의 돌고래 떼가 마치 길 안내라도 하는 듯 그들을 앞질러 가고 있었다. 배는 마치 마법에 걸린 듯 어떤 숙명에 따라가야 할 방향을 찾아가고 있는 듯하였다.

드디어 배는 후풍도를 바라보며 횡간도를 지나고 추포도를 지나 그 멀고 먼 항해 길의 종착점에 도달하고 있었다.

얼마나 멀고 먼 항해였던가. 그들의 마음은 또 새롭게 닥쳐올 아름답고 신비로운 모험에 들떠 있었다.

15

해룡의 출현

헤거루 일행은 드디어 후풍도를 바라보며 섬을 돌기 시작했다. 바라보니 웅장하고 기묘한 바위들이 해안절벽을 감싸고 있었다. 조금 지나니 깎아지른 절벽이 나오며 고요보다 더 깊은 고요가 온 바다를 삼키고 있었다.

그 고요는 무언가 불길한 감을 그들에게 안겨주고 있었다. 그때 갑자기 불같은 눈을 번득이며 입으로는 커다란 물기둥을 뿜어내며 솟아오르는 괴물이 나타났다. 말로만 듣던 해룡이었다.

해룡이 내어 뿜는 물기둥에 배는 낙엽같이 흔들렸다. 그들은 공포에 휩싸여 정신을 못 차리고 우왕좌왕하고 있었다. 해룡은 빛나는 녹청색 갑옷에 불을 토하는 듯한 붉은 눈을 부릅뜨고 말하였다.

"오호라! 이 버릇없는 인간들이 어찌 감히 나의 영역을 침범하여 나의 포란을 방해하는가? 이 무례하기 짝이 없는 놈들을 용서할 수 없다!"

그들을 삼킬 듯이 다가오자 헤거루가 말했다.

"온 바다를 다스리시는 해룡이시여. 어찌 그리 옹졸하신 생각을 하십니까. 당신이 다스리는 이 넓은 바다와 같은 넓으신 아량으로 우리들이 가고자 하는 길을 내어주세요."

그러자 해룡은 화를 벌컥 내며 말했다.

"아니, 뭐라고? 내가 옹졸하다고? 내가 살아온 평생 이런 모욕적인 언사는 처음 듣는구나. 도저히 용서할 수 없다!"

해룡은 화가 머리끝까지 올라 몸을 부르르 떨며 다가왔다.

바닷물은 요동치기 시작했고, 해룡의 눈은 더욱 붉게 타오르며 지옥문 같은 입을 벌리고 그들을 노려보았다. 칼을 들고 해룡을 내리치고 찌르고 하였지만 해룡의 단단한 비늘을 뚫지 못했다. 그사이 해룡은 대원 한 명을 물고 바다로 내동댕이쳐 버렸다. 해룡이 곧바로 꿈틀거리며 다가오자 헤거루는 재빨리 해룡을 타고 올라 해룡의 목 아래쪽 부드러운 부분에 칼을 꽂아, 타고 내렸다.

해룡은 피를 토하고 괴성을 지르며 물속으로 곤두박질쳤다. 해룡의 목을 잡고 있던 헤거루도 같이 물속으로 곤두박질쳤다. 이때 하백의 목걸이가 영롱한 빛을 발하며 바닷속으로 빠져버렸다.

해룡이 흘린 피로 바다는 붉게 물들었다. 피로 물든 바다에서 선운이 물에 빠진 헤거루와 허우적대는 대원 한 명을 건져 올렸다. 헤거루가 올라오자 그제야 정신을 차린 모든 선원들이 함성을 올리며 헤거루 왕자를 맞이하였다.

16

수구미와의 재회

안정을 되찾은 그들은 깎아지른 해안 바위를 지나서 왼쪽으로 아담하고 정겨운 마을을 바라보며 나아갔다. 오랜 항해로 지친 그들은 목적지를 눈앞에 두고 힘을 얻었다. 고요하고 평온한 마을을 향하여 나아갔다. 파란만장했던 여정도 잊은 채 고요한 물길을 미끄러지듯 배 뒷부분에 물결 띠를 남기며, 그들은 신비로운 풍경에 모두 황홀경 속으로 빠져들고 있었다.

그 고요한 물속에서 아름답고 커다란 여자 손이 올라왔다. 하늘하늘 춤을 추며 물속으로 들어갔다 솟구쳤다 빙빙 돌며 갖은 재주를 부리며 다가왔다. 모두 넋을 잃고, 아름다운 손의 춤을 보는 순간 손은 배를 잡고 뒤집어 물속으로 가라앉혔다. 헤거루는 무언가 당기는 듯한 기운을 느끼며 정신을 잃고 말았다.

헤거루가 정신을 차렸을 때 옆에는 수구미가 교태로운 자세로 앉아 있었다. 수구미는 말했다.

“왕자님 이제 정신을 차리셨군요. 걱정 마세요. 이 수구미가 왕자님을 보살필게요.”

헤거루는 고맙다는 말을 하고는 그녀에게 동료들에 관하여 물어보았으나 그녀는 알지 못한다고 말했다. 단지 홀로 해안에 표류하여 정신을 잃고 있는 그를 구조하였다는 것이다.

헤거루는 수구미의 극진한 보살핌에 행복한 나날을 보내고 있었다. 헤거루는 그녀의 사랑에 푹 빠져 더 이상 동료들에 대한 생각도 잊어버리고 그녀와의 생활에 세월 가는 줄 몰랐다.

꿈같은 시간이 흘러 어느덧 온 세상이 새싹을 틔우고 새들은 분주히 숲을 드나들고 있었다.

그러던 어느 날, 그는 해안에서 몰려오는 파도를 보며 다시 동료들과 고향에 대한 생각을 떠올렸다. 운명을 달리한 동료들 생각에 한없는 죄책감에 사로잡혔다. 끝없이 밀려오는 파도를 보며 그의 모험심은 다시 불타올랐다. 그는 수구미에게 말했다.

"후풍도를 잠시 둘러볼까 하오. 잠시 갔다 오리다."

수구미는 말리지 못하고 자그마한 배를 내어놓았다.

그녀는 걱정스러운 듯이 이렇게 말했다.

"후풍도 사람들은 겉보기와 다르니 마음속에 항상 경계심을 지니셔야 합니다. 무사하게 다녀오세요."

그렇게 말하는 그녀의 얼굴엔 왠지 수심이 가득해 보였다. 그러나 헤거루는 전혀 눈치채지 못한 채 푸랭이섬을 떠나 후풍도 사람들이 살고 있는 마을로 갔다. 푸랭이섬은 후풍도의 일부로 무척 가까이 있었다. 배를 정박하고 마을을 향해 걸어갔다.

마을로 가는 길은 순탄하지만은 않았다. 평소에 보지 못한 각종의 나무들이 울창한 숲을 이루고, 해안의 몽돌밭은 밀려오는 파도의 어루만짐에 수많은 아름다운 노래를 들려주며 그를 맞이하였다. 깎아지른 절벽의 바위들은 각기 다른 형상으로 오랜 풍파에 세련되게 깎여 작품을 만들었고, 단순한 듯 단순하지 않은 색의 조화를 이루었다.

여태 보지 못한 풍경은 얼마나 이국적이고 아름다운지 절로 감탄이 솟아났다.

헤거루는 마음껏 즐기며 한가로이 길을 걸었다.

17

선운과의 재회

헤거루는 마을을 향하여 걸어가고 있었다.

곧 사람을 만났는데 이방인을 본 그는 경계의 눈빛으로 헤거루를 보았다. 헤거루가 먼저 말을 걸었다.

"나는 가야에서 온 헤거루라고 합니다. 후풍도는 처음이라 길을 묻고자 합니다."

그러자 그는 깜짝 놀라는 표정으로 말했다.

"우리들의 족장님도 가야 사람인데, 가야 사람을 이렇게 또 만나니 놀랍습니다."

이 말에 헤거루는 놀라며 만나볼 수 있는지 되물었다. 그는 기꺼이 안내를 자청하였다.

그렇게 하여 헤거루는 그의 안내로 마을로 가게 되었고 족장이 있다는 곳으로 가서는 잠깐 기다리라고 하고는 집안으로 사라졌다. 잠시 후 안쪽에서 여러 명의 사람들이 우르르 몰려나오는데, 모두 낯익은 가야인들이었다. 구렛나루 수염 선운도, 덩치 큰 당리도, 고도, 임계 또 십여 명의 가야인들도 있었다.

모두 헤거루 왕자를 보자 함성을 지르며 달려와 서로 부둥켜안고 기쁨의 눈물을 흘렸다.

그날 저녁 그들의 이야기는 끝도 없이 이어졌다. 어떻게 살아왔으며 어떻게 후풍도의 족장이 되었는지 등의 이야기를 하였다. 서로의 지나온 이야기는 그야말로 한 편의 전설 같은 내용들이었다.

18

선운의 이야기

선운은 배가 뒤집어져 가라앉는 것을 보고는 대원들을 챙기기 시작했다. 임계에게 왕자님을 찾아보라 했으나 아무도 헤거루를 찾지 못하였다. 그들은 어쩔 수 없이 배에서 흘러나온 널빤지 조각에 어느 정도 물건을 챙겨 싣고는 헤엄쳐 뭍으로 나오게 되었다. 뭍으로 나와 인원을 점검하니 헤거루를 비롯하여 네 명이 실종되어 있었다. 혹시나 하고 해안을 수색해 보았으나 더 이상 발견할 수 없었다.

어쩔 수 없이 선운은 대원들을 인솔하여 마을로 오게 되었다. 후풍도 주민은 온화하고 친절하여 난파한 그들을 따뜻하게 대하여 주며 음식을 나누어 주었다. 그러한 주민들을 위하여 선운은 가야의 여러 가지 우수한 문물을 전수하기 시작했다. 후풍도 주민들은 선운 일행을 하늘이 내린 사람들이라고 감사하게 생각하며 그들 스스로 선운을 족장으로 추대하게 되었다. 그들은 가야인들이 가지고 온 철기의 쓰임새에 놀라워하고 대단하게 여겼으며 스스로 가야인들에게 존경심을 가지게 되었다. 선운 역시 후풍도 주민을 위하여 마음을 다하여 그들에게 도움을 주었다. 가야인들의 선행을 보고 하늘이 내린 선인이라며 그들 스스로 선운을 그들의 족장으로 추대한 것을 무척 자랑스러워하고 있었다.

19

뜻밖의 이야기

그러다 뜻밖에 죽은 줄만 알았던 헤거루를 만나게 되다니! 선운은 헤거루에게 주민들로부터 듣게 된 수구미 이야기도 들려주었다.

오래전부터 섬 주민들은 푸랭이섬으로 접근하지 않았다. 그곳에는 이쁜 얼굴의 여자가 홀로 살고 있었다. 어느 누구라도 그 섬에 접근하면 그녀는 무서운 얼굴로 노려보며 무시무시한 바람을 일으켜 배를 암초투성이인 오리똥여로 밀어 전복시켰다.

또 보물을 싣고 오는 배는 뒤집어 물속으로 가라앉혀 보물을 탈취하고 가버렸다. 후풍도 주민들은 그러한 그녀를 너무나 무서워하며 그녀를 마녀라고 불렀고 푸랭이섬 가까이 가지 않았다.

선운은 헤거루 왕자가 푸랭이섬으로 가지 말 것을 당부하였다. 헤거루는 생각했다.

'그렇게 아름답고 상냥한 여인이 어떻게 그렇게 사악한 일을 할까? 무언가 오해가 있지나 않을까?'

헤거루는 혼란스러웠다. 그러나 한편으로 모든 정황을 보면 선운의 말이 맞는 것 같기도 하였지만, 자기에겐 너무나 상냥하고 아름다운 수구미를 의심하는 것 자체가 죄스럽기조차 하였다.

20

후풍도 기행

다음날 헤거루는 일행 몇을 데리고 섬을 둘러보기로 하였다. 후풍도는 너무나 아름다웠다. 모든 해안은 암반으로 이루어져 있고, 숲은 온대림을 잘 유지한 채, 아름드리나무는 온갖 덩굴식물로 둘러싸여 신비감을 더하고 있었다. 바다에서 일어나는 일출과 일몰은 장관이었다. 이런 경관은 어디서도 볼 수 없는 것이었다. 주도를 중심으로 작은 섬들이 주변을 둘러싸고 파도를 막았다. 깎아지른 해안절벽 길을 지날 때는 아래를 보니 아찔하여 하늘길을 연상케 하였다.

도깨비 골창을 바라보는 경관은 어디서도 볼 수 없는 흥분을 일으키는 곳으로 이곳 주민들은 망자들의 영혼이 떠돌다 쉬어가는 곳이라 말한다. 청석골의 기묘한 바위는 자그마한 바다 요정들의 놀이터로 달 밝은 밤이면 요정들의 술래잡기로 소란을 일으킨다는 신비로움이 가득한 곳이다.

어느 날 육지의 호랑이가 후풍도에 왔다가 바닷물이 육지와 후풍도를 갈라놓아 후풍도에 갇혀버려 하늘을 원망하며 포효하다 바위가 되었다는 호랑이 바위는 푸르른 물결을 바라보고 있다.

주민들의 의복은 국부만 가리는 것이었고, 주거지는 돌과 흙으로 벽을 쌓고 지붕은 억새 풀로 엮어졌다. 물은 우물로 물이 귀한 편이었다. 작물은 밭작물이 대부분 벼농사는 극히 일부에서 이루어지고 있었다. 모든 것을 바다에 의존하는 생활이었고 그들은 바다가 주는 대로 생활하였다.

21

흑검도 이야기

횡간도와 추포도 사이에는 흑검도라는 작은 섬이 있다. 이 섬은 검푸른 소나무 숲으로 그냥 보기에도 왠지 음침한 기운이 감도는 기분 나쁜 섬으로, 사람들은 그 섬에 가길 꺼렸다.

거기에는 보기에도 흉측한 괴물이 살고 있었다. 후풍도 주민들은 본 적도 없는 그 괴물을 '퉁두랭이'라 부르며, 머리에는 뿔이 두 개가 달려 있다고 말한다.

어느 날, 퉁두랭이는 후풍도의 예쁜 처녀를 납치하여 홀로 고독한 삶을 살고 있는 자신의 아내로 삼고자 하였다. 그래서 퉁두랭이는 납치해 온 처녀를 위하여 지극정성을 쏟았지만, 처녀는 항시 그 섬에서 탈출할 생각만 하였다. 처녀는 퉁두랭이 몰래 배를 만들어 탈출할 준비를 하였다. 배가 완성되어 처녀는 몰래 배를 타고 도주하였다. 그러나 퉁두랭이는 이 사실을 알고는 분노하여 배를 타고 도망가는 그녀를 몽둥이로 내리쳐 죽여버리고 배도 부숴버렸다.

죽은 그녀의 원혼은 바다를 떠돌며 흑검도에서 죽은 나의 원한을 풀어달라고 하소연한다고 말하였다.

이 이야기를 들은 헤거루 왕자는 주민의 안내로 흑검도가 마주 보이는 물생이 언덕으로 올라갔다. 훤한 대낮인데도 흑검도 앞바다에선 산위로 짙은 안개가 깔리고, 안개 사이로 죽은 처녀의 원혼이 슬픈 소리로 울며 돌아다니고 있었다.

헤거루 왕자는 죽은 처녀의 원혼을 달래기 위하여 흑검도를 바라보는 쪽으로 장승을 세우고 위령제를 올렸다. 이후로는 바다를 떠도는 그녀의 원혼도 사라졌다. 그리고 마을의 풀들도 죽은 처녀를 위하여 예의를 갖추고자 머리를 숙이니 마을의 이름도 예초리가 되었다.

이후로 후풍도 사람들은 흑검도로 가지 않는다.

22

흑두 이야기

헤거루가 어느 날 후풍도의 해안을 거닐고 있을 때, 창을 들고 위협하는 한 무리를 만났다. 무기도 없이 산책하다 졸지에 그들의 포로가 되어 끌려가게 되었다. 그들이 헤거루를 끌고 간 곳은 험준한 바위 절벽 아래에 있는 동굴이었다.

자세히 보니 그들은 모두 얼굴이 흉한 모습을 하고 있었다. 그들의 우두머리인 듯한 건장한 체격을 한 남자가 다가왔다.

그의 얼굴에는 왼쪽 눈 주변으로 검은 반점이 있는데, 언뜻 보기에는 흉하나 전체적으로는 골격을 제대로 갖춘 형상을 하고 있었다. 헤거루에게 적개심을 품은 얼굴로 말하였다.

"행색을 보아하니 귀한 집 자손인 듯한데 어디에서 온 사람이냐?"

헤거루가 공손하게 자기의 신분을 밝히자, 그는 적개심을 풀고 후풍도로 오게 된 경위를 물었다.

헤거루가 후풍도로 오게 된 과정을 이야기하니 그도 자기의 이야기를 들려주었다.

그의 이름은 흑두였다. 그는 독려국의 왕자로 태어났는데 태어날 때

부터 왼쪽 눈 주변이 검은 반점이 있어 사람들은 그를 꺼렸다. 독려국의 한 예언가가 말하길 반골 기질이 있으며, 후일에 이 아이로 인하여 나라에 큰 환란이 일어나며, 왕을 죽이고 자신이 왕이 될 것이니 미리 죽이는 것이 좋다고 하여 독려국의 왕은 아이를 죽이기로 마음먹었다.

그러자 왕비는 왕이 모르게 아이를 다른 곳으로 피신시키고 아이는 병이 들어 죽어 묻어버렸다고 거짓말을 하였다.

아이는 자라면서 눈 주변의 검은 반점은 점점 커져 얼굴의 절반 가까이 검은 반점으로 덮여 보기에 흉하게 변해버렸다. 사람들은 그를 흑두라 부르며 가까이하길 꺼렸다. 자연히 성격은 더욱 난폭하게 변해갔고, 그의 주변에는 얼굴이 보기 흉한 사람들이 모여들었다. 그들은 보통 사람들로부터 배척을 당하자 사람이 없는 곳으로만 떠돌다 보니 해적이 되어, 횡간도에 본거지를 두고 영주로 갔다가 돌아오는 길에 이상한 손에 걸려 약탈한 보물과 배를 잃어버리고 후풍도로 오게 되었다. 그러나 후풍도 사람들은 그들의 흉한 모습을 보고 그들이 마을에 오는 것을 무척 꺼려하여 그들만 보면 돌팔매질하여 쫓아버렸다.

그들은 후풍도 주민들에게 쫓겨 이렇게 외진 동굴에 숨어 살며, 누구라도 그들을 횡간도로 보내주기만 한다면 자신들이 지닌 보물을 나누어 주기로 마음먹었다. 그러나 아무리 기다려도 그들을 데려다 줄 사람은 나타나질 않고 자신을 이렇게 만든 세상을 원망하였다. 인간을 미워하는 마음은 점점 쌓여만 갔다. 그래서 그는 보는 사람은 모두 죽이기로 마음먹었다.

흑두의 이야기가 끝나자 그는 말하였다.

“내가 마음먹은 대로 당신을 오늘 죽여야겠다.”

그러자 헤거루는 크게 웃으며 말하였다.

“참으로 어리석은 생각을 하는구나. 나에겐 열일곱 명이나 되는 군사가 여기에 있다. 비록 지금은 무기도 없지만 그렇게 쉽사리 죽이진 못할 것이다. 어디 덤벼보아라.”

그러자 한 녀석이 헤거루를 향하여 창을 들이밀었다. 헤거루가 재빨리 피하며 그의 창을 빼앗아 그의 다리를 치니 그는 넘어짐과 동시에 헤거루의 발아래 깔리고 말았다. 헤거루는 창을 그의 목에 겨누고는 흑두를 향하여 말하였다

“자, 우리 협상을 하는 것이 어떠냐. 나의 군사들이 나를 찾아온다면 너희들은 죽은 목숨이나 다름없다. 나를 온전히 보내준다면 내가 너희들을 횡간도로 보내주마.”

그때 마침 당리가 배를 타고 헤거루를 찾아다니다 그를 발견하고는 가까이 오고 있었다.

헤거루가 다시 말하였다.

“어쩌겠는가? 나의 병사는 성질이 급하다. 여기서 죽기를 원하는가?”

흑두는 잠시 망설이다 협상을 하자고 하였다. 당리가 배에서 내려 상황을 파악하고 칼을 빼어 들자 흑두는 창을 버리고 무릎을 꿇었다.

그들은 무사히 횡간도로 갈 수 있었다. 그리고 후일 흑두는 독려국으로 돌아가 왕을 죽이고 새로운 왕이 되었다.

23

귀향 계획

그날 저녁 가야인들이 모두 한자리에 모였다.

앞으로의 계획을 의논하는 모임이었다. 가야로 돌아가야 한다는 전체의 뜻에 따라 헤거루도 동의하고 계획을 짜고 있었다. 그러려면 선박을 건조하는 일이 우선되어야 한다고 해거루가 말했다. 그러자 당리는 새로운 선박 건조는 현재 인원으로 넉 달은 소요될 것이라 말했다. 고도는 배를 진수하려면 사월달 중 낮에 달이 걸리는 날이 좋다고 하였다. 그러자 헤거루는 일단 푸랭이섬으로 되돌아가 수구미를 안심시킨 후 실행하자고 하였다.

배를 진수하는 날 봉화를 올려 신호하기로 하였다. 세부적인 사항도 마무리 짓고 그들은 잠자리에 들었다.

다음날 헤거루는 배를 타고 푸랭이섬으로 돌아갔다. 수구미는 돌아온 헤거루를 보고 가슴을 쓸어내렸다. 그리곤 헤거루에게 후풍도 여행에 대하여 소감을 물었다. 헤거루는 시치미를 떼고 너무 좋았다고 간단히 말했다.

수구미는 헤거루에게 더욱 사랑을 쏟았고, 그러한 수구미에게 헤거루도 다정다감하게 대하였으며 둘의 사랑은 깊어만 갔다.

마녀 수구미는 생각하였다.

'천제께서 나를 용서하시고 이렇게 과분한 남편을 주시는구나. 얼마나 행복한지 이 세상에 더 바랄 것이 없구나.'

그녀는 헤거루 왕자와의 사랑 놀음에 흠뻑 젖어 행복한 나날을 보내고 있었다. 헤거루 역시 더욱 깊어진 수구미의 사랑으로 동료들과의 약속도 잊은 채 행복한 나날을 보내고 있었다.

24

수구미의 정체가 드러나다

그해 겨울이 지나고 봄이 왔다. 헤거루는 산책을 하던 중 산 중턱 바위틈에서 우연히 돌 틈으로 새어 나오는 훈훈한 공기를 느끼고 돌들을 치워보았다. 생각보단 큰 동굴이 있었고 동굴에는 여러 가지 보물이 있었다. 그 속엔 헤거루 일행이 가지고 온 보물 궤짝도 온전히 보관되어 있었다.

순간 헤거루의 가슴에 한없는 비애가 몰려왔다. 선운으로부터 들었던 이야기가 모두 사실이었다는 명확한 증거에 자신이 원망스럽고 비참해졌다. 동굴 입구를 원래대로 하고는 마음을 진정시켰다. 수구미에게로 돌아온 헤거루는 대원들과의 약속을 떠올렸다. 어떤 일이 있어도 들키지 않고 계획했던 것을 실행하여야 된다는 일념으로 태연하게 행동했다. 그의 속마음은 그녀로부터 도망쳐야 된다는 강박관념이 해일처럼 밀려오고 있었다.

25

새로운 배를 만들다

뚜렷한 목적의식은 기적을 낳고, 불가능한 모든 것을 가능하게 하니, 모두가 하나같은 염원으로 그들은 미래를 건조하는 사람들이었다.

선운은 선박 건조에 온 신경을 쓰고 있었다. 당리가 요구하는 목재 확보를 위하여 모든 가야인을 투입하여 선박 건조를 위한 목재를 확보하고, 역청도 충분하게 확보되었고 그에 따른 여러 가지 필요한 부재도 확보하였다.

배를 건조할 장소에 건조장을 마련하고 선박 건조 작업에 돌입하였다. 필수적인 도구가 부족하여 많은 어려움도 겪었지만 예상하였던 기간보다 조금 지체된 기간에 배는 제법 형태를 갖추어 갔다.

드디어 배가 완성되어 웅장한 자태를 뽐내며 서 있을 때, 당리는 그 모습을 보고 새로운 감회에 젖어있었다. 그때 고도와 임계가 옆에서 당리의 어깨를 두드리며 말했다.

"어이, 친구야. 그동안 고생 많았지. 수고했네."

그러자 당리가 말했다.

"혼자 고생했나. 다 같이 고생했지."

그러면서 모두 환하게 얼굴을 마주 보며 의미 있는 미소를 지었다.

그들 앞에 배는 거대한 자태를 뽐내며 나 보란 듯 서 있었다. 그것은 그들의 희망을 태우고 거침없이 바다를 누빌 수 있는 미래의 표상이었다.

26

봉화를 올리다

선운이 고도에게 물었다. 달이 낮에 걸리는 날이 언제인지. 고도는 앞으로 칠 일이 지나면 달이 낮에 걸리니 출항 준비를 서둘러야 한다고 말했다.

그리고 섬의 주민들 중에 함께 항해할 사람을 모집한다고 하니 제법 많은 인원이 몰려들었다. 신체가 건강하고 젊은 여섯 명을 추가로 모집하였다.

드디어 진수할 날이 오자, 선운은 임계로 하여금 세 명의 인원을 딸려 높은 곳으로 올라가 봉화를 올릴 준비를 하라고 시켰다.

배를 받치고 있던 고임목을 제거하고 받치고 있던 지렛대로 배를 밀었다.

배는 서서히 밀려가다가 속도가 붙어 빠르게 움직이더니 큰소리로 요동치며 바닷속으로 빨려 들어가 웅장한 자태를 뽐내며 우뚝 섰다. 모두들 감격에 겨워 기쁨의 함성을 올렸다. 그리고 선운의 신호에 따라 준비된 곳에서 봉화가 힘차게 피어올랐다.

모두의 염원을 싣고 은빛 봉화는 고요하고 원대한 꿈을 실은 바람에 용틀임을 하며 하늘로 솟아올랐다.

27

헤거루의 갈등과 수구미의 절규

헤거루는 때가 가까워져 오자 해안을 거닐며 맞은편을 유심히 관찰하고 있었다. 그러한 헤거루의 동태를 보고 수구미는 배를 감추어 버렸다. 수구미는 이미 가야인들이 살아있다는 것과 후풍도 주민들과의 관계도 알고 있었다. 그녀의 마음은 오로지 헤거루를 붙잡아 두고 가야인들과의 관계를 끊고, 곧 태어날 아이를 위해서도 자기와의 사랑을 지속하고자 하는 마음뿐이었다.

헤거루는 심히 갈등하고 있었다. 그냥 아무 소리도 없이 사라지느냐, 아니면 말을 하고 가느냐. 그의 내적 분열 상태는 방향을 잡지 못하고 한참을 갈팡질팡하였다.

약속한 날이 오자 헤거루는 봉화가 오르기만 기다리다 드디어 봉화가 오르자 수구미를 보고 가야로 돌아가야겠다고 말했다. 함께 온 일행들을 데리고 가야 할 막중한 의무가 자기에게 있으며 일행들이 모두 살아있다고 말하고, 뛰쳐나와 배를 찾기 시작했다. 그러나 배는 없었다. 수구미가 달려 나오며 헤거루의 옷깃을 붙잡고 말했다.

"왕자님, 무엇이 부족합니까? 이 수구미가 무엇이 부족합니까?"

수구미는 헤거루의 옷을 붙들고 애원에 가까운 소리로 울부짖었다. 그러나 그에게는 가야로 돌아가야 한다는 일념으로 가득했다.

헤거루는 그러한 수구미의 간절한 만류도 뿌리치고 바다로 들어가 헤엄치기 시작했다. 그러자 뒤에서 수구미가 절규하며 소리쳤다.

"아~~ 안 돼요! 못 가시옵니다. 난 당신의 아이를 가졌어요. 안 돼요, 제발…!"

순간 헤거루가 멈칫하며 망설이더니 이지러진 얼굴로 다시 물속으로 들어가 헤엄치기 시작했다. 고통으로 이지러진 얼굴이 물방울로 얼룩진 채로 선명하게 드러나고 있었다.

멀리서 보고 있던 선운이 배를 전진시켰다. 헤거루와 배의 간격이 좁혀지자 수구미는 헤거루를 바라보며 "안 돼요"를 연발하면서 풀썩 주저앉아 버렸다. 그리곤 슬픔에 젖어 자신을 원망하였다. 그녀는 진정 이것이 왕자님의 바람이란 말인가. 어찌 이리도 무정할 수가. 밀려오는 슬픔을 억제하기엔 한계점에 달한 것 같이 그녀는 숨쉬기조차 벅차 보였다. 하염없이 흘러내린 눈물이 눈 앞을 가려 세상이 흐릿한 망각의 세계로 빠져들었다.

28

사자바위가 된 왕자

주저앉아 있던 수구미는 결심한 듯 표독하고 싸늘한 표정이 되어 일어서며 말했다.

"보내줄 수 없어. 절대로."

그녀는 다가오는 배를 향하여 거센 바람을 몰아쳤다. 배는 순식간에 강한 바람에 밀려 원위치로 가버렸다. 그리곤 괴성을 지르며 헤거루에게 마법을 걸었다.

마법에 걸린 헤거루는 갑자기 자신의 의지와는 관계없이 물속에서 움직이지 못하고, 이지러진 얼굴이 되어 그의 동료들을 쳐다보았다. 그의 동료들도 경악하며 이 광경을 멀리서 바라보았다. 헤거루는 점점 차디찬 바위로 굳어지며 사자 형상이 되었다.

수구미는 사자바위를 그녀가 잘 볼 수 있는 바다 한가운데로 보내버렸다. 그렇게 사자바위는 홀로 바다 한가운데 모호한 자세로 서 있게 되었다. 수구미는 허탈한 표정으로 돌아서서는 집으로 발걸음을 옮겼다. 돌아서 가는 그녀의 어깨 위로는 한없는 슬픔이 짓누르고 있었다. 그녀는 혼자서 되뇌고 있었다.

"어쩔 수 없었어. 보내드릴 수 없었어. 이렇게라도 내 사랑을 붙잡아야지. 어쩔 수 없었어. 어쩔 수 없었어…."

29

헤거루의 아들

그리고 몇 년 후 마녀 수구미는 한 사내아이를 데리고 해안을 거닐고 있었다. 아이가 말했다.

"엄마, 참 이상해. 저 바위가 나보고 자꾸 말을 해."

그러자 수구미가 되물었다.

"그래. 뭐라고 말하던?"

"나 보고 자꾸 오라고 그래."

수구미는 가슴이 뜨끔하였다. 그녀는 아무 말도 하지 않았다. 가슴이 먹먹해 말을 할 수 없었다. 아이와 아버지는 무언가 서로 교감이 있는 것일까. 수구미는 그러한 생각을 떨쳐버릴 수가 없었다.

사내아이는 자주 해안에 나타나 사자바위와 무슨 대화라도 하는 듯 바라보곤 하였다. 어느 날 수구미는 아이를 데리고 해안으로 나왔다. 그녀는 생각했다. 인간의 피가 흐르는 아이를 자기로서는 어찌할 수 없다는 것을. 그러고는 아이에게 사자바위에 대해 말하지 말아야 할 것을 말하고 말았다. 아이는 한동안 침묵하다가 똘망똘망한 두 눈에 눈물을 고이더니, 눈물을 흘리며 아무 말 없이 그 앙증맞은 조그만 두 손으로 수구미를 때렸다.

이때처럼 난감한 심경을 겪어보지 못한 수구미는 또 한 번 깊은 좌절감에 휩싸여 마음속으로 결단하고 온 것을 실행하지 못하고 머뭇거렸다.

그러나 그녀는 눈물로 아이도 바위로 만들어 아버지 곁으로 보내주었다. 그리고는 그녀는 사자바위를 바라보며 바닷가에서 울다 쓰러지고 말았다.

커다란 사자바위 뒤로는 새끼 사자가 뒤따르는 부자 사자바위가 생겨났다.

30

수구미의 최후

수구미는 이후로 사람들의 눈에 뜨이지 않았다. 밤마다 푸랭이섬에서는 비탄에 젖은 그녀의 비명에 가까운 외침이 들려왔다.

어느 날 그녀가 산 위로 올라가는 것이 후풍도 사람들에게 목격되었다. 그녀는 하늘을 향하여 기도하였다.

'하늘이여, 이 가슴에 맺힌 응어리는 어이하오리까.'

한 인간을 사랑하였던 결과가 이렇게도 참담하게 될 줄이야. 날마다 보게 되는 부자간의 사자바위는 나의 가슴을 이렇게도 처참하게 갈가리 찢어놓으니, 나도 사랑하는 저들과 함께하게 해주소서.

그녀의 간절한 기도가 끝나자 하늘에서 천둥소리와 함께 번개가 그녀 머리 위로 떨어져 그녀와 그녀의 보물들을 하얀 가루로 만들었다.

하얀 가루는 꽃가루처럼 하늘로 피어올라 공중을 선회하다 사뿐히 사자바위 위로 내려앉았다.

부자 사자바위는 언제나 의좋게 함께하며 외롭지 않게 서 있었다.

사랑을 빼고 나면

이 세상은 아무런 의미도 없는 것을

끊임없이 밀려오는 파도는

수구미의 한 맺힌 사랑을 태우고

애틋한 사랑은 저렇게

세월을 초월한 영원한 바위를 만들었나

터져버릴 듯한 사랑은

저렇게 푸른 바다 위에

사랑의 바위를 탄생시켰나

언덕의 찔레꽃들은 아름다운 향기로

지나던 바람도 머물게 하며

아름다운 이야기를 들려주는데

당신의 영원한 사랑도 사자바위에 기대 보세요

김세완 소설집

오래도록 남아 전해질 전설

사자바위 2

1

영주로 뱃머리를 돌리다

후풍도에서 헤거루 왕자의 기막힌 사연을 가슴에 안고 선운은 대원들과 함께 배를 타고 또다시 항해 길에 올랐다. 아직도 바람은 쌀쌀하였고 온몸을 감싸고도는 고독이 엄습해 왔다. 그는 뱃전에 홀로 묵묵히 서서 전방을 멍하니 바라보고 있었다. 고도가 그에게 다가와 조용한 어조로 물었다.

"대장, 무엇을 생각하고 있습니까? 항로는 어디로 할까요?"

그는 묵묵히 대답하였다.

"일단 영주로 가세."

그는 생각했다.

'일단 가까운 영주에서 힘을 기른 연후 복수하자. 지금 마녀의 힘은 너무나 강력해 그녀에 대항하는 것은 무모해.'

그들은 눈앞에 보이는 영주를 향하여 항진하였다.

영주는 눈앞에 보이는 듯하면서도 멀었다. 일기가 조금만 불순해도 사라졌다 나타나곤 하였다. 그들은 심한 바람에 돛을 내리고 파도와 맞서 싸우며 노를 저었다.

어느새 파도는 자고 따스한 햇살에 순풍을 맞으며 배는 마치 자석에 끌려가듯이 자그마한 솔밭이 있는 모래섬으로 가고 있었다. 선운은 지친 선원들을 위하여 섬에 정박하여 쉬기로 하였다.

모래가 깔려 있는 잔잔한 해안에 정박한 후 그들은 백사장을 지나 소나무 숲을 향하여 걸어갔다. 소나무 숲에 도착한 그들은 군장을 풀고 솔향에 흠뻑 젖어 나른한 몸을 쉴 수 있었다.

그의 뇌리를 떠나지 않는 헤거루 왕자의 모습과 수로왕의 간곡한 부탁은 언제까지나 그를 옥죄고 있었다. 바위로 변해버린 왕자의 고통스러운 모습은 그의 꿈속에서 황금빛의 포효하는 사자가 되어 나타나곤 하였다.

2

이여도

그들이 숲에서 쉬고 있을 때 어디선가 들려오는 아이들의 노랫소리에 모두 소리 나는 쪽으로 머리를 돌리고 바라보았다. 천상에서 들려오는 듯한 아름다운 노래는 몽환적 세계로 이끌었다.

아이들이 깨끗한 옷차림에 천상의 밝은 목소리로 노래하며 다가왔다. 그중 한 아이가 선운을 보면서 따라오라는 손짓을 하였다. 선운은 이상하다는 생각을 하며 혼자 아이들을 따라가게 되었다. 숲을 지나 깨끗하게 정돈된 아담한 마을이 나타났다. 한 아이가 말했다.

"여기서 잠깐만 기다리세요."

그리고 아이는 한 집으로 들어가더니 흰옷을 입은 수려한 모습의 여자와 함께 걸어 나와 선운에게 다가왔다. 여인은 공손하게 인사하며 말했다.

"이여도에 오신 것을 환영합니다. 우리는 알고 있습니다. 당신들이 어떻게 오시게 되었는지. 모두들 오셔서 충분한 휴식을 취한 후 가시길 바랍니다. 오실 때는 군장을 풀어놓고 오세요."

선운은 이상한 생각이 들어 물어보았다.

"어떻게 우리들의 사정을 알고 계신지요?"

그러자 여인은 말했다.

"여기서는 질문은 금기 사항입니다."

여인의 말에는 부드러우면서도 거역할 수 없는 단호함이 있었다. 선운은 감사하다는 말만 하고는 동료들에게 돌아와 군장을 풀고, 금기 사항을 알려주고 모두 마을로 걸어갔다.

그들이 마을에 도착하니 한 여인이 그들을 커다란 초가로 안내하였다. 초가 내부는 무척이나 넓었고 벽면으로 푹신한 자리가 깔려 있었다. 안내하던 여인은 각자 자리를 차지하고 편히 쉬라고 하고는 나갔다. 그리곤 남자 한 명이 들어와 중앙에 불을 피워 공기를 따뜻하게 하였다. 그러나 남자는 여자의 지시에 따라 행동할 뿐 말을 하지 않았다.

실내 공기가 안온하게 되자 곧 식사를 위한 상이 중앙에 차려졌는데, 정갈한 각종 진미가 그들의 입안에서 녹아들었다.

저녁 식사가 끝나자 그들은 서로 얼굴을 마주 보며 환한 웃음으로 이야기꽃을 피웠다. 저녁상이 물러가자 그들은 피곤한 몸을 자리에 누이고 오랜만에 편안한 잠을 이루었다.

푹신한 잠자리와 안온한 공기는 곧 그들을 달콤한 잠에 빠져들게 하였다.

남자 시종 둘만 남아서 아무 말 없이 그들을 보살피고 있었다.

잠시 후 한 여인이 들어왔다. 그녀는 자고 있는 한 명을 깨워 조용히 데리고 나갔다. 얼마 후 그는 다시 돌아와 깊은 잠에 빠져들었다. 그리곤 다시 다른 여인이 들어와 다른 한 명을 지목하고는 그를 조용히 데리고 나갔다. 그러한 일은 반복되었고 선운도 다른 여인의 지목을 받아 거역할 수 없는 지시에 따라 그녀를 따라가게 되었다.

그녀는 선운을 한 집으로 안내하여 들어가자 거기에는 낮에 보았던 키 큰 여사제가 그들을 기다리고 있었다.

방안 가득히 알 수 없는 향기로운 공기가 감돌며, 중앙에는 흰 연기가 신비롭게 피어오르고 있었다. 여사제 앞에 이르자 그녀는 두 팔을 앞으로 올리고 무언가 주문을 외웠다. 주문은 그를 안온한 평화의 세계로 인도하였다.

그리고 여사제는 함께 온 여인에게 물었다.

"그대는 이 남자를 허락하는가?"

그러자 여인은 대답했다.

"예, 나의 영혼이 갈망하여 그를 원합니다."

그러자 선운은 경험하지 못한 깊은 희열을 느끼며 어떤 환영을 보게 되었다. 여사제의 알지 못할 주문이 계속 이어졌다. 정신이 몽롱한 상태가 얼마간 지속되고, 그리곤 여사제의 의식이 끝났다. 의식이 끝나자 돌아가도 좋다는 허락이 떨어졌다. 선운은 꿈길을 걷는 듯한 몽롱한 상태로 돌아와 곧바로 깊은 잠이 들었다.

그들은 영혼을 상실한 사람같이 미동도 없이 깊은 잠 속에서 깨어날 줄 몰랐다.

얼마나 지났는지 그들은 잔잔한 부드러운 파도 소리에 눈을 뜨고 주변을 둘러보았다. 마을은 간 곳 없이 사라지고 찬란한 아침 태양 빛이 모래 해안을 부드럽게 어루만지고 있었다.

이여도에서 야릇한 경험을 한 그들은 다시 일상으로 돌아와 항해 길에 올랐다.

검은 수염의 선운은 내리쬐는 태양 아래서 두 눈을 부릅뜨고 말없이 앞을 주시하고 있었다. 선운의 옆에는 언제나 당리, 고도, 임계가 늑대 같은 눈으로 보좌하고 있었다. 선원들에게는 선운의 말이 곧 법이며 절대 권력이었다.

뱃머리에 서 있는 선운을 보고 고도가 말했다.

"대장, 우리가 있었던 꿈결 같은 환상의 섬에 다시 가 볼 수는 없겠지?" 하며 못내 아쉬움을 나타내었다. 그러나 선운은 꿈에 나타났던 여사제의 계시를 생각하고 있었다. 여사제는 선운에게 두 가지 책무를 지우고 있었다. 그는 두 가지 책무가 무엇인지 알 수가 없었다. 서로 간의 살육을 멈추게 하고, 가야국에 대한 의무를 성실히 이행하라니 이 말은 도대체 무엇을 의미하는지 알지 못했다. 그러나 때가 되면 자연히 알게 되겠지 하고 생각했다.

그리고 그는 여사제의 정체에 대하여는 알지 못하였지만 막연한 신뢰감을 가지고 있었다. 또한 앞으로도 여사제의 인도가 있을 것 같다는 기대를 하고 있었다.

3

영주에 자리 잡다

드디어 그들은 높은 영주산을 바라보며 한 해안에 도착하였다. 모래사장이 넓게 펼쳐져 있는 아름답고 평화로운 해변이었다. 모래 언덕 위로 소나무가 울창한 곳을 향하여 걸어갔다. 그곳에서 임시 거처를 마련하고 긴 항해로 지친 몸을 쉬게 되었다.

모두 힘든 항해를 마치고 육지에서의 생활에 신이 나 있었다. 선운은 우선 거처를 마련하는 일에 몰두하였다. 주변 환경도 좋았다. 단 며칠만에 거처가 마련되었고, 내륙으로 들어가 사냥을 하기에도 좋았다.

그들의 이러한 행동을 원주민들은 숲속에서 몰래 지켜보고 있었다. 현지인들은 그들과 다른 모습의 외지인을 보고 두려워하고 있었다. 외지인들은 키도 크고 몸에는 보지도 못한 의복과 무기를 지녔으며 행동도 달랐다. 그래서 원주민의 족장은 당장 외지인을 몰아내야 된다고 생각하였다.

선운은 임계를 불러 후풍도에서 합류한 여섯 명의 병사를 활로 무장시키자 하였다. 임계는 물소 뿔이 없어 곤란하지만 다른 방법을 찾아보겠다고 하였다. 임계는 곧 착수에 들어가 인원을 데리고 필요한 재료를 설명하고 숲으로 들어가 충분한 재료를 구하여 돌아왔다.

4

원주민의 습격

그들이 활을 만들기 위한 준비를 하고 있을 때, 갑자기 숲에서 요란한 함성과 함께 원주민들이 습격해 왔다. 선운이 재빨리 눈치를 채고 대원들을 향하여 소리쳤다.

"방어벽 설치!"

그러자 선운의 말이 떨어지기 무섭게 잘 훈련된 가야인들은 하던 일을 멈추고 적이 오는 곳을 향하여 방패를 앞세우고 창을 들었다. 적은 방패벽에 막혀 어찌할 바를 몰라 우왕좌왕할 때 선운의 지시가 떨어졌다.

"찔러! 앞으로!"

그러자 전 대원이 창으로 찌르며 전진하였다. 가야인들의 뛰어난 무기와 전술에 그들은 도망하기 시작했다. 도망하는 적을 향하여 가야인들은 칼을 빼어 들고 추격하였다. 조금 추격하다 선운의 지시에 따라 추격을 멈추고 돌아왔다. 이때 후풍도에서 온 병사들은 무서워 벌벌 떨고 있었다.

이 꼴을 본 당리가 그들을 발로 차며 "에라이, 등신 같은 놈들!"을 연발하고 있었다. 선운은 일단 하던 일을 멈추게 하고 습격해 온 자들의 뒤를 추격하기로 결심하였다. 그들의 마을은 멀지 않았다. 정탐을 한 후 선운은 임계로 하여금 족장으로 보이는 사람을 찾아서 활로 처리하게 지시하였다.

족장으로 보이는 그는 당황한 듯한 몸짓으로 부족원들에게 무언가 지시를 하고 있었다. 그의 지시에 따라 부족원들은 빠른 걸음으로 움직이며 대비를 하고 있는 듯하였다. 그러나 그들은 가야인들이 숲에서 역습 기회를 노리고 있는 것을 알지 못하고 있었다. 선운의 지시가 떨어졌다.

임계의 화살은 정확하였다. 족장이 가슴에 화살을 맞고 쓰러지자 선운은 대형을 갖추고 전진시켰다. 가야인들이 마을로 들이닥치자 마을은 삽시간에 아수라장이 되었다. 가야인들은 벌벌 떨고 있는 남자들을 모두 한곳에 모아놓고 말했다.

"오늘 있었던 일은 모두 용서하겠다. 대신 오늘부터 이 마을을 나의 거처로 정하고 당신들과 함께 생활하며 여기서 함께 어울려 동등한 생활을 하기 원한다."

그러나 그는 족장의 가족과 그를 따르는 자들을 용서치 않았다. 한때의 피바람이 휩쓸고 간 후 비로소 마을은 고요를 찾았고, 벌벌 떨고 있는 원주민들에게는 관용을 베풀었다. 그들은 사죄하고, 감사하다고 말했다.

그렇게 하여 선운은 이호에서 터를 잡고 생활하게 되었다.

선운의 이호 정착은 이호에 많은 변화를 가져왔다. 그들은 우선 원주민들이 적개심을 품지 않게 함께 어울려 동질성을 추구하였고, 그들의 주거환경과 가야인들의 주거환경을 혼합한 개량의 주거환경을 자연스럽게 만들어 내고 있었다. 원주민들과의 관계가 좋아지는 데도 오래 걸리지 않았다.

그들의 언어와 풍습에 동화되며 가야의 새로운 문물이 전수되었다.

5

새로운 변화

선운의 거처는 이호마을을 한눈에 굽어보는 위치에 자리 잡고 있었다. 그곳이 중심이 되어 마을의 중요사항들이 결정되고 지시가 떨어졌다. 마을은 곧 체계를 잡아갔고 안정을 찾았다.

임계가 선운에게 새로 만든 활을 가지고 찾아왔다. 보기에는 제대로 형태를 갖추고 있지만 성능이 떨어진다고 말했다. 둘은 곧바로 성능을 시험해 보았다. 선운은 이 정도라면 충분히 병사들이 사용할 만하니 곧 훈련에 돌입하여 후풍도 인원을 궁병으로 양성하자고 말하였다.

그렇게 궁병 양성에 임계는 열심이었고 얼마 지나지 않아 그들은 그런대로 쓸 만한 궁병이 되었다.

안정을 찾은 이호는 새로운 분위기를 맞이하고 있었다. 용천수를 찾아 마을에서 편리하게 이용하게 되고, 밭작물을 위한 경계도 새롭게 설정해 심한 해풍의 피해도 막아주는 돌담도 생겼다. 의복에도 변화가 일어나 여인들이 앞만 가리던 옷은 가야인들의 옷과 같이 치마저고리로 바뀌었다.

이러한 변화는 이호로 많은 유민을 끌어들였고 마을은 점점 커져 갔다. 선운은 이러한 이주민을 별도로 취급하지 않고 동등한 권리를 주었다.

그러나 새로 유입된 유민들에게는 도로 건설이나 새로운 수원을 찾아 마을로 끌어들이는 사업에 의무가 주어졌고, 이러한 사업은 마을과 마을을 연결하고 부족 간의 원활한 소통과 물자의 유통을 촉진시키는 역할을 가져왔다.

무엇보다 중요한 건 어업이었다. 그들에게 어업 행위를 위한 목재를 준비하고 바다로 나갈 안전한 배를 만들게 하여 바다로부터 보다 많은 수확을 올리게 하였다.

생활이 개선되니 자동으로 세수도 늘어났다. 또한 강력한 군조직으로 이웃 부족의 침입을 저지하니 주민의 안도감은 어느 때보다 높아만 갔다. 이웃 간의 다툼은 줄어들고 사소한 다툼은 선운의 판정 없이 고도가 맡아 잘 처리하였다.

그러나 타 부족들은 무척 호전적이어서 부족 간의 전쟁은 끊임없이 일어났다. 선운은 동료들에게 말했다.

"여기서 안주할 것이 아니라, 부족들 간에 자주 발생하는 전쟁을 중단시키기 위하여 가까운 부족의 통합을 이루어야겠다."

당리는 누구보다 적극적으로 환영하며 신이 나 있었다. 곧 그들에게 기회가 오고 있었다.

비단결 같은 바람이 온몸을 스치고 지나갈 때, 그들은 앞으로 닥쳐올지도 모를 전투에 대비한 훈련을 하고 있었다. 그때 호전적인 한 부족이 풍족한 이호를 노리고 도전해 왔다. 선운은 즉각적으로 대처하여 적에 많은 피해를 입히자 적은 몇 명의 사상자를 남기고 도주하였다.

선운은 다음 날 도주한 그들을 그냥 두지 않았다. 당리를 선두로 창병을 앞세우고 진격하였다. 우선 적의 동태를 파악하기 위하여 척후병을 보냈다. 척후병이 돌아와 그들이 방어벽을 쌓고 준비 태세에 들어가 있다는 보고를 받고는, 숲속에서 그날은 병들이 저녁을 먹게 하고 휴식에 들어갔다. 혹시 있을지 모를 기습에 대비하며 밤새 여러 곳에 모닥불을 피우게 하였다. 그러고는 병력을 몰래 야밤을 틈타 반대편으로 이동시켰다.

적은 밤새 피어오르는 불을 주시하며 방어에 전념하고 있었다. 선운의 병사들은 이동한 곳에서 마음 놓고 편히 쉬고 일어나 아침 식사를 끝내고 지시에 따라 군장을 챙기고 전투대형을 갖추고 마을로 들어갔다. 잠도 제대로 못 잔 그들은 반대편에서 쳐들어온 선운의 군대를 보고 혼비백산하여 무기를 버리고 항복하고 말았다.

선운의 앞에 잡혀 온 적장은 용서를 빌며 머리를 조아렸다. 그러나 선운은 그들을 용서하지 않았다. 당리로 하여금 족장의 가족과 그를 따르는 무리를 색출하여 처단하게 하였다. 선운은 나머지 주민들은 이호의 주민과 동등한 대우를 하였다. 세수는 더욱 늘어나 군병력을 확충할 수 있게 되었고 이호의 경제력 또한 상승효과를 가져왔다. 소문이 퍼지자 이호로 유입되는 인구는 점차 불어나 있었다.

이웃의 다른 부족들 간에는 선운의 뛰어난 전술과 그의 처신을 소문으로 듣고 하늘에서 온 선군이란 말이 돌았다. 타 부족장들은 스스로 찾아와 이호의 선군에 예속되길 바라며 세수를 바쳤다.

자연히 부족들 간의 전투도 사라지게 되었고 여러 부족이 뭉쳐 거대한 하나의 부족국을 형성하게 되었다. 선운의 병력은 백 명이 넘어가는 규모의 커다란 집단이 되어 군조직을 새로이 편성하게 되었다. 선운은 생각했다. 이 정도의 병력이라면 영주 전체를 하나로 묶어도 부족함이 없을 것이라고.

키가 크고 이상한 갑옷에 이목구비가 뚜렷한 가야인들을 보고 현지인들은 두려워하였다.

6

열정의 바람

선운은 보다 큰 포부를 간직하고 앞으로의 계획에 대하여 당리, 고도, 임계에게 말하였다. 모두 찬성은 하였지만 너무 위험을 수반한 계획은 아닌지 의구심을 가지기도 하였다. 이미 네 명의 손실이 발생하였는데 나머지 십칠 명 중 더 이상 추가로 잃게 된다면 본국으로 귀향은 더욱 어려워질까 걱정하였다.

그러나 당리는 달랐다. 모두 너무 심하게 걱정하는 겁쟁이라고 말했다. 이에 선운은 "최전선에 가야인을 세우지 않고도 얼마든지 작전을 수행할 수 있다."고 말했다. 그렇게 하여 가야인은 모두 호위병으로 하기로 하였다.

호위병 대장은 설상대로 하였다. 제일군 대장은 당리, 제이군 대장은 고도, 제삼군 대장은 임계로 하여 군의 편제를 정비하였다. 제일군과 제이군은 창을 주 무기로, 제삼군은 활을 주 무기로 한 궁병이 되었다. 전술훈련과 개인 전투 훈련이 연일 강도 높게 이루어졌다. 또한 그에 따른 병기의 보급도 빠르게 진행되었다. 병사들의 훈련이 어느 정도 진척되고 선운은 병사들을 태울 배를 만들기로 하였다. 배가 완성되자 어느덧 한 해가 다 가고 새봄이 왔다.

새봄의 기운은 아직도 쌀쌀하였다. 선운은 찬 기운을 느끼며 잠을 자고 있었다. 후풍도에서의 잊지 못할 끔찍하였던 결말이 꿈속에서 끊임없이 그를 괴롭히고 있었다. 때로는 수로 대왕님의 대로한 호통을 받기도 하고, 고통에 이지러진 헤거루 왕자의 얼굴이 그를 원망스러운 얼굴로 바라보기도 하였다. 그러나 힘에 겨운 전투가 있기 전에는 꿈속에서 황금빛의 사자가 크게 포효하니 적들이 그 우렁찬 포효에 지리멸렬하는 모습이 보이곤 하였다.

그렇게 그의 가슴에 은연중 황금빛 사자가 자리하고 있었다.

7

새로운 도전

이호에는 전에 보지 못한 여러 가지 새로운 문화에 현지인들은 적응하며 만족하였다. 또 군사 조련 모습에 흥미를 느끼며 젊은 청년들이 합류하기도 하였다. 어느 날 고도가 선운을 찾아와 말했다.

"대장. 우리가 가야를 떠나온 지 몇 년이나 지났는데 아직도 총각으로 지낼 거요? 건넛마을 부족장의 딸이 내가 보기에 얼굴도 이쁘고 품행도 단정해 보이는데 내가 한번 주선할까요?"

그러자 선운은 이렇게 말했다.

"사람의 인연이란 하늘의 뜻에 따라 자연스럽게 이루어지게 되니 기다려 보세. 난 아직도 해야 할 많은 일이 남았네. 마녀와 대결하기 위해서는 좀 더 힘을 길러야 해."

선운은 고도의 말을 피해 갔다. 조금 지나니 당리가 말을 한 마리 끌고 와서 선운을 보고 웃으며 한번 타 보라고 하였다.

선운이 어떻게 된 거냐고 물으니, 당리는 숲에서 잡아 와 길들였다고 했다. 선운은 매우 만족하며 몇 마리 더 잡아 올 수 있는지 물었다. 당리도 앞으로 몇 마리 더 잡을 계획이라고 말했다.

당리는 부하들을 데리고 그물 짜기에 여념이 없었다. 그리고 그는 정말로 야생말을 세 마리나 더 잡아 길들이기에 바빴다.

그렇게 한가한 시간을 보내는 가운데, 선운은 하울로 진격할 계획에 몰두하고 있었다. 병선의 상태와 병기를 점검하고 군사들의 마음가짐도 어떠한지 알아보았다. 모든 준비가 완료되자 선운은 하울의 족장에게 사신을 보내어 그의 뜻을 전달하게 하였다.

하울의 족장은 단호하였다. 그는 이미 선운과의 전투를 예상하고 그의 우호 세력을 규합하여 막강한 군사력을 가졌으며 타 부족의 두려움의 대상이었다. 그는 선운의 평화 제안을 단호하게 물리치고 전쟁을 선포하였다. 선운의 군사력을 과소평가하며 언제라도 일전을 치를 자세가 되어 있다고 호언장담하고 있었다.

하울 족장의 뜻을 전달받은 선운은 애견하고 있었던 터라 별 놀라움도 없이 출정을 명령하였다.

8

하울로 진격하다

전투에 임하는 선운의 가슴에는 언제나 황금빛 사자가 든든하게 자리하고 있었다.

하울로 가는 병사는 두 편으로 나누어 당리가 이끄는 창병과 임계가 이끄는 궁병으로 두 대의 병선에 나누어 해로로 출발하고, 선운과 고도는 육군을 이끌고 육로로 진격하였다. 족장을 지내고 있던 을도동은 별도의 병참선으로 당리의 후미를 따라갔다.

병선이 하울에 도착하자 선운도 육로를 따라 도착하여, 그날은 진영을 꾸리고 병사들이 저녁을 먹고 쉬게 하였다. 그리고 곧바로 참모들과 작전 회의를 하였다.

다음 날 아침, 하울에는 희미하게 안개가 깔려 있었다. 안개 사이로 창병을 앞세우고 뒤쪽은 궁병이 나란히 진격하였다. 측면은 고도가 이끄는 병들과 선운의 정예병이 함께 전진하였다.

하울에서도 이에 맞서 포진을 하고 방어벽을 전진시켰다. 두 개의 전투대가 거리를 좁히자 선운의 지시에 타라 임계의 궁병들이 활시위를 당겼다. 적들은 화살 세례를 받고 전열이 흐트러졌다. 창병의 뒤쪽에 있는 궁병을 예측하지 못한 결과였다. 곧바로 방패막을 앞세운 창병의 공격이 가해지자 하울의 군은 밀리기 시작하였다.

이때 측면에 대기하고 있던 선운의 본진이 들이닥치자 하울의 진영 곳곳에서 희뿌연 안개 속으로 운명에 저항하는 듯한 비명이 터져 나오며 하울의 병들은 각자 살길을 찾아 도망하기 바빴다. 마법의 안개 속에서 죽음의 무도가 펼쳐지며 사방에서 아이들과 여자들의 울음이 진동하였다. 마을은 철저히 파괴되었다.

선운은 이 처참한 광경에 눈을 지그시 감고 외면하고 있었다. 고도가 도망병을 추격하려고 하자 선운은 제지하며 그들이 곧 우리를 대신하여 많은 일을 할 것이라 하였다. 선운은 모든 가옥을 불태우라고 명령하며 가옥에 숨어있던 사람은 도망가게 하라고 하였다.

마을이 불길에 휩싸여 희뿌연 연기를 뿜으며 안개와 함께 울창한 숲 속으로 묻혀져 가고, 잔해만 남긴 채 죽음의 전령 같은 안개는 사라지고 해맑은 태양이 처참한 마을의 모습을 비추고 있었다.

하울을 정복한 선운은 여러 부족장의 알현을 받고 있었다. 하울에서 살아남아 도망친 부족장은 무모한 자신감으로 인하여 돌이킬 수 없는 절망의 늪으로 빠져버린 자신의 신세를 한탄하며 다른 부족에게 몸을 의지하게 되었다.

소문은 금방 타 부족에게 퍼져나갔고, 이에 타 부족장들은 환란이 닥쳐오기 전에 미리 선운을 찾아 공물을 바치며 이호의 법치 아래 순종할 것을 맹세하였다.

선운은 그들에게 말했다. 모든 부족은 동일한 법치 아래 동등한 평화를 누리며, 자유로운 왕래가 보장될 것이라고.

선운의 이러한 통치 이념 아래 주변의 호전적인 부족들은 점차 이호의 아래로 모여 부족 간의 살벌하고 야만적 행위를 금지하고 서로 간의 왕래를 자유롭게 함으로 모든 부족의 뜨거운 호응을 얻었다. 일부 옛 관습에 젖은 부족 간의 다툼도 점차 개선되어 갔다.

9

환능의 역습

환능의 족장은 경두음이었다. 그는 주변의 타 부족장과의 사이가 돈독하였으며 주변 부족 중에 가장 큰 영향력을 행사하고 있었다. 그는 이호의 군사력에 대하여도 잘 알고 있었다. 경두음은 선운의 다음 공격 대상이 환능이라고 짐작하여 주변 부족장들로 하여금 선운의 침공에 대한 대책을 마련하여야 된다고 설득하였다. “다 같이 힘을 합하여 대항할 것이냐, 아니면 선운의 휘하에 굴복할 것이냐?” 하며 설득하였다. 그렇게 설득한 경두음은 일 년도 지나지 않아서 선운의 군사력을 능가하는 군세를 확보하여 이호의 군대를 역습하기로 하였다. 경두음의 작전대로 그들은 이호의 군사들이 주둔하고 있는 하울로 진격하기 시작했다. 그들은 하울에 도착할 즈음에 군사를 둘로 나누어 하울에 있는 선운의 진영을 포위하여 결전에 임하였다.

한편 선운은 경두음의 진격 소식을 접하자 군세의 열세를 만회하고자 모든 인원을 동원하여 방책을 세워나갔다. 나무를 깎아 세우고 뒤편으로 도랑을 파고 진영 주변을 둘러쌌다. 경두음이 도착하여 선운의 진영을 포위했을 때 방책은 이미 완성되어 있었다. 한동안 대치 상태가 유지되었고, 서로의 움직임을 관찰하며 탐색이 계속되었다.

경두음은 방책을 무너트리기로 하고 병들을 방책선으로 보내어 방책을 밀게 하였다. 그러나 방책은 땅에 단단히 고정되어 움직이기 어려운데다, 선운의 군사들의 격렬한 저항에 오히려 창에 찔려 상처만 입고 물러났다. 이에 경두음은 커다란 나무로 공격용 전차를 만들어 여러 명의 병사로 하여금 방책을 무너트리며 공격하였다.

방책이 무너지자 경두음의 군시들이 무너진 방책으로 몰려들었다. 그들은 미리 구축해 놓은 도랑으로 빨려 들어갔다. 그들은 계속 밀려오는 아군에 겹쳐 넘어지고 짓밟혀 혼돈을 이루었다. 이때 선운의 창병들이 공격하니 속수무책 당하고 물러났다. 그들이 물러나자 방책은 다시 복구되었다.

경두음은 작전을 바꾸었다. 적의 군량이 소진되길 기다렸다. 선운으로선 대치 상태를 계속 유지하기엔 어려움이 있었다. 군량은 점점 고갈되어 가고 있어 얼마나 더 버틸지 실로 심각한 상황에 빠져들고 있었다.

선운은 도박을 감행하였다. 여러 곳을 정찰한 후 선운은 당리로 하여금 해안 쪽으로 나아가 적의 후방을 역습하게 하였다. 당리가 허술한 적진을 뚫고 나아가 곧바로 적의 후방을 역습하자, 병참선에 있던 을도동도 눈치를 채고 병사들을 데리고 함께 역습에 가담하였다.

이때 방책 안에서 선운의 본대가 함께 적을 향하여 공격하자 경두음의 군사들은 순식간에 전열이 무너지며 도망하기 시작했다. 선운의 군사들이 추격하자 그것도 잠시 경두음의 이선에 있던 군들이 전열을 정비하여 공격해 왔다. 이미 최전선에 뛰어들었던 선운은 진퇴양난의 처지에 빠져버렸다.

그러나 뜻하지 않게 반전이 일어났다. 선운의 뒤편에서 황금빛 사자상이 나타나 온 산하가 울리게 포효하니 경두음의 군사는 주눅이 들어 무기도 버린 채 도망하기 바빴다. 선운의 군사들이 황금사자의 포효에 힘입어 맹렬히 적을 추격하여 적들을 마음 놓고 죽이니, 스스로 찾아와 전투를 펼쳤던 경두음은 전의를 상실하고 환능으로 도주하였다.

선운은 현장을 수습한 후 군대를 경두음이 도주한 환능으로 진격시켰다.

환능에 선운이 오고 있다는 소식을 접한 경두음은 가족을 이끌고 도주하였다. 그러나 타 부족장들은 이호군의 반격을 두려워하며 그를 반기지 않았다. 그는 의지할 곳이 없이 떠돌다 그를 신뢰하지 못한 부하들의 손에 죽임을 당하고 말았다.

10

사랑에 빠진 선운

선운은 환능의 민가에 피해를 주지 않기 위하여 민가에서 조금 떨어진 곳에 진을 구축하고 민심을 수습하고 있었다. 전승국의 태도와는 너무나 다른 모습에 환능의 주민들은 안심하는 모습이 눈에 보이게 나타났다.

그들은 곧 일상생활로 돌아가지 못하고 슬픔에 젖어 있었다. 많은 젊은이를 잃어버린 그들은 활력을 상실한 모습이 역력했다. 이러한 모습에 선운도 안타까운 마음으로 보면서 그저 빠른 시일에 치유되길 바라고 있었다.

그러던 어느 날, 선운의 호위병 대장 설상대가 한 여인을 끌고 왔다. 여인은 아직도 한참 피어나는 꽃다운 나이로 보였다. 설상대는 여인을 거칠게 선운 앞에 무릎 꿇리고 엎드리게 하였다. 선운이 물었다.

"아니, 호위대장은 무슨 일로 여린 여인을 그렇게 거칠게 다루고 있나? 무슨 일이야?"

그러자 설상대가 어이가 없다는 듯 말했다.

"아, 글쎄 자기 오빠가 이번 전투에서 죽었는데 원수를 갚겠다고 몸에 비수를 품고 잠입하다 우리의 정찰병에 잡혀 왔습니다. 아주 황당한 여자지요. 그냥 처치하려는데 각간을 만나 보고 할 말이 있다는군요."

선운은 호기심에 여인을 두고 가라고 하였다. 설상대가 물러가자 선운은 몸소 여인의 결박을 풀어주고 여인을 부드러운 눈으로 보고 있었다. 그리곤 물었다.

“그래, 누구에게 복수를 하려고 하느냐. 바로 나냐?”

여인은 고개를 끄덕였다. 선운을 싸늘한 눈으로 바라보며 여인이 말했다. 앞으로 얼마나 많은 사람을 죽여야 이 살육이 멈추겠는지. 자기는 일찍이 부모를 여의고 오라비의 보살핌으로 사이좋게 살았는데, 오빠가 없는 지금 더 이상 살고 싶은 마음도 없노라고 했다.

선운은 말하였다.

“오빠가 죽은 것은 정말 유감이다. 그러나 우리는 쳐들어오는 적을 방어하는 상황이었고, 지금도 도망하는 적을 추격하거나 약탈을 금지하고 있다. 내가 널 살려줄 테니 죽은 오빠 대신 나를 오빠라고 생각하며 살기 바란다. 그리고 네가 잡혀 온몸으로 나의 종이 됨이 마땅하나 너를 풀어주겠다. 너에게 나를 자유롭게 만날 수 있는 특권을 줄 테니 언제라도 찾아와도 좋다.”

그러고는 여인을 돌려보냈다.

그로부터 선운은 병시들의 휴식을 위하여 환능에서 머물렀다. 그러던 중 어느 날, 외부로부터 시끄러운 소란이 일어나 무슨 일인지 물어보았다. 어떤 젊은 여인이 다짜고짜 각간을 만나겠다고 소란을 피운다는 것이다. 선운이 다가가 보니 보내준 여인이 소리치고 있고 호위병들이 막아서고 있었다.

여인은 소리쳤다. 나는 각간을 마음대로 만날 자격이 있노라고. 선운이 호위병들을 물리치고 여인을 데리고 갔다. 막사에 도착하자 여인은 웃음 띤 얼굴로 말하였다.

"오빠를 마음대로 만날 수 있는 자격이 있지요." 하며 가지고 온 보따리를 풀었다. 놀랍게도 풍성한 음식을 마련하여 정성스럽게 차려주었다. 선운은 실로 오랜만에 맛보는 여인이 차려주는 음식이었다. 여인은 지난번보다 단정하고 아름다웠다. 그녀는 자기 이름은 고지엄이라고 말하였다. 식사 후 선운은 그녀를 집까지 바래다주겠다고 하며 호위병도 물리치고 그녀의 안내로 아름드리 삼나무숲을 지나 억새가 우거진 오솔길을 걸어갔다.

오솔길을 지나 언덕 아래로 대나무숲을 끼고 돌담으로 둘러싼 아담한 초가집이 있었다. 그녀는 선운에게 집에서 잠깐만 쉬었다 가시라고 하였다.

선운은 그녀가 살고 있는 집에 호기심이 생겨 둘러보았다. 집 마당은 제법 규모 있게 꾸며 화단에는 여러 종의 화초가 가꾸어져 분위기는 소박한 평안을 안겨주고 있었다.

그때 갑자기 그녀는 선운에게 매달리면서 말했다. "나 혼자 버리고 가지 말아줘요." 하며 울먹였다. 선운은 그러한 그녀를 이해하였다. 믿고 있던 오빠를 졸지에 전장에서 잃어버린 소녀는 어떠한 심정인지. 선운은 그녀를 달래며 "지금은 데려가기 어려우니, 이호에 가는 대로 준비하여 데리러 오마."라고 말하였다.

그러나 그녀는 선운을 쉽게 놓지 않았다. 선운을 끌고는 그녀의 방으로 들어가 버렸다. 선운도 그러한 그녀의 의도에 따라서 행동하고 있었다. 한참 무르익은 두 젊은이는 기다리기라도 한 듯 천사의 입맞춤을 하며 녹아들고 있었다. 마치 영혼이 가출한 육체같이 서로를 탐하며 하나의 육신이 되었다. 사랑은 장마철 비 내리듯 며칠을 계속하였다.

그녀와의 관계 이후 선운은 환능의 뒤처리도 말끔하게 하였다. 새로운 족장 임명과 세금 징수, 법체계 등을 세운 뒤 고지엄에 대하여서도 세심한 배려를 하였다. 한렴의 족장이 환능 족장을 겸임하게 하고 고지엄에 대하여도 이야기를 해 두었다.

이호로 가는 병참선에는 공물로 가득 채워졌고 병사들은 가슴 가득 자부심을 안고 돌아가고 있었다. 그들의 가슴에는 은연중 '황금사자군'이라는 자부심이 자라고 있었다.

선운의 가슴에는 새롭게 피어오른 청춘의 새싹들이 봄날의 아지랑이가 되어 온몸을 감싸고 피어올랐다.

11

이호로 떠나는 고지엄

이호로 돌아온 선운은 풍랑으로 표류하여 오게 된 눌치상이라는 독려국인을 만났다. 언뜻 보기에도 그는 지성이 감도는 온화한 얼굴과 선비다운 몸매를 지니고 있었다. 그와의 몇 번의 대화로도 그의 인품은 드러나고 있었다.

선운은 눌치상이 각종 정책에 관하여도 뛰어난 자질이 있는 것을 알고, 그에게 책사의 역할을 권하였고 눌치상도 받아들였다. 일을 처리함에 있어 그는 막힘이 없고 모든 사람으로부터 존경을 받았다. 눌치상으로 인하여 생활의 여러 가지가 개선되었다. 선운의 호칭도 각간으로 공표되고, 고지엄을 데려오기 위한 집도 새로이 마련되었다. 선운은 고지엄을 데려오는 임무도 눌치상에게 맡겼다. 눌치상이 일행을 인솔하여 환능에 도착했을 때 이미 소식이 전해져 족장은 눌치상을 맞이할 준비를 하고 있었다.

고지엄도 가슴이 미어터질 듯한 들뜬 마음으로 새 옷으로 단장하고 기다리고 있었다. 고지엄의 집 주변으로 각간의 부인이 될 고지엄을 모셔갈 행렬을 보기 위한 구경꾼도 몰려와 있었다.

눌치상이 도착하자 족장으로부터 환영 인사가 있었고, 뒤이어 고지엄을 모셔갈 화려한 가마가 나타나자 구경꾼들은 환호성을 질렀다. 설상대가 나와서 고지엄을 가마로 안내하며 말하였다.

“이호로 가시기까지 안전하고 편안히 모시겠습니다.”

고지엄은 웃음 띈 얼굴로 말했다.

“지난번엔 앙탈을 부려 미안해요.”

“어이구, 별말씀을 하십니다. 오히려 제가 부끄럽죠.”

내용을 알고 있는 호위병들은 킬킬대고 웃었다. 그들은 그렇게 과거의 일들을 소탈하게 털어내고 있었다.

고지엄은 환능 주민들의 환송을 뒤로한 채 드디어 선운이 기다리는 이호로 가슴 설레는 출발을 하게 되었다. 무성한 숲들도 그들을 위한 길을 열었다.

12

이호에서 행복을

이호에 도착한 꽃가마는 역시 많은 사람의 환영을 받았다. 선운의 배필을 보기 위하여 주민들이 모여들었고 떠꺼머리총각이 어떻게 하는지 관심이 집중되었다. 선운은 도착한 고지엄을 새로이 마련된 집으로 안내하여 들어가자 사람들은 환호성을 올렸다.

군중 속에는 별의별 말들이 오가며 축제 분위기는 절정을 이루었다. 오늘을 위하여 주민들에게 각종 음식이 마련되어 주민들을 즐겁게 하였다. 선운은 고지엄에게 새로이 마련된 집을 구경시킨 후 함께 군중 속으로 휩쓸려 사람들의 덕담을 들으며, 춤추며 즐겁게 놀았다.

어느 여인네가 고지엄에게 물었다. 앞으로 아이는 몇이나 가질 계획이냐고. 고지엄은 "되도록이면 많이."라고 말하였다. 그러자 그녀는 "그렇지, 그렇게 해야지." 하며 웃었다.

축제가 끝나고 두 사람만의 오붓한 시간이 왔다.

얼마나 기다린 긴 시간이었던지, 두 사람은 그동안의 긴 시간은 어떻게 보냈는지 무엇을, 먹었는지, 또 보고 싶지 않았는지 등의 일상에 관한 질문과 당신을 한없이 그리워하며 보냈다는 사랑 확인 이야기로 서로 눈길을 마주하였다.

오랜만에 하는 잠자리는 또 얼마나 감미로웠던지 두 사람이 눈을 떴을 때는 해가 중천에 걸려 있었다.

고지엄의 일상은 아내로서의 역할로 행복하였고 선운에게는 아내가 있는 집이 전에 없이 풍족함을 안겨주었다. 선운은 생각하였다. 남자들만의 세상에서 살아온 그에게 느껴보지 못한 안온함이 인간의 사회적 새로운 인식을 가져다준다는 것을 알게 되었다.

그는 고지엄의 충고도 정사에 반영할 줄 알았다. 당분간 그는 눌치상에게 정사를 많이 맡기고, 눌치상의 보고에 최종 결정만 하는 편이었고, 고지엄과 많은 시간을 보냈다.

고지엄은 항시 새로운 아이디어로 즐거움을 선사하였고 새로운 과제도 두려움 없이 받아들였다. 그녀는 활력 있는 사람이었다. 또 귀엽기도 하고 명랑한 그녀는 너무도 사랑스러웠다.

그러한 그녀의 마음에는 남편이 강한 듯 착각하는 여린 사람이었다. 어린아이같이 순진하기도 하고, 다른 사람의 말에 귀 기울이며 항시 독단적인 사고보다는 여러 명의 의견을 받아들일 줄 아는 그녀의 남편은 그녀에게는 여린 사람이었다.

13

동굴의 흡혈 식물

몇 개월이 지나 선운의 모험심이 발동하였다.

참모들을 불러 모아 가을이 깊었고 하니 사냥놀이나 가자고 꼬드겼다. 그러잖아도 당리는 근질근질하던 차에 잘됐다 하고는 다른 사람의 의견도 들어보지 않고 당장 준비해 가자며 서둘렀다.

신중한 고도는 준비물은 무엇이 필요하며 하루를 하고 말 것인지 며칠을 야영할 것인지를 결정하고 가야 한다고 말했다. 또 참가 인원은 얼마나 할 것인지도 결정해야 한다고 하였다.

선운은 야영을 하며 하기엔 준비물이 너무 많으니, 아침 일찍 출발하여 오후 늦게 돌아오자고 하여 모두 그렇게 찬성하였다. 인원은 가야인들만으로 가기로 하였다. 하늘은 높고 바람은 선선하여 들로 나들이하기엔 좋은 계절이었다. 그들은 하나같이 소풍 가는 아이들처럼 그날을 기다렸다.

드디어 그날이 오자 날씨는 마법 같은 신통력을 보였다. 하얀 눈이 천지를 살포시 덮어 동물의 흔적을 추적하기 좋았고, 걷기에도 적당하였다.

아침 일찍 준비하고 집을 나섰다. 당리는 자기가 보아두었던 장소가 있다며 안내하였다.

임계의 활 솜씨는 명품이었다. 그들이 숲을 헤치며 야생동물을 몰아가면 언제나 임계가 활로 마무리를 지었다. 멧돼지 몇 마리 잡고는 모두 들뜬 기분이었다. 그때 멧돼지 한 마리가 숲을 헤치며 도망가는 것을 본 설상대가 멧돼지를 쫓아가며 소리를 질렀다. 모두 같은 방향으로 뛰어가며 화살을 날렸지만 사라지고 말았다. 고도가 주변을 둘러보더니 동굴이 있다며 동굴 입구에서 동굴을 가리고 있는 덩굴을 칼로 베어내었다.

동굴 입구의 덩굴을 제거하고 나니 동굴 입구가 드러났다. 내부가 잘 보이지 않아 횃불을 들어 비추어 보니 동굴 내부에도 나무뿌리가 주렁주렁 달려 있었다. 한 명이 먼저 들어가자 모두 뒤따라가기 시작했다. 갑자기 먼저 들어갔던 사람이 비명을 질렀다. 그는 나무뿌리에 휘감겨 힘을 못 쓰고 버둥거리고 있었다.

선운이 재빨리 칼로 뿌리를 잘라 구출하였다. 잘린 뿌리에서 피가 방울방울 떨어지고 있었다. 선운이 모두 피신하라고 소리침과 동시에 선운도 뿌리에 감기고 말았다. 모두 선운을 구하기 위하여 칼로 뿌리를 잘랐다. 그들은 뿌리에 휘감겨 정신을 못 차리는 두 사람을 구하여 밖으로 나왔다. 움직이지도 못하는 두 사람은 부축하지도 못할 정도로 심각한 상태였다. 그들은 사냥한 멧돼지를 버리고 두 사람을 들것에 태우고 급히 집으로 향하였다.

집에 도착하는데 해가 저물어서야 겨우 도착하였다. 이 모습을 본 고지엄은 정신이 가출한 사람같이 울고불고 난리가 났다. 선운은 그렇게 이틀이나 걸려서 겨우 깨어났다. 선운이 깨어나니 고지엄은 말하였다.

나하고 아이만 남기고 어쩌려고 하느냐며 울었다. 그러자 선운이 농담 같은 말을 하였다. “야, 이 사람아. 내가 그렇게 시시하게는 안 죽어.” 하니, 고지엄도 눈물을 머금은 얼굴에 배시시 웃음을 흘렸다. 그렇게 두 사람은 이틀 후에 말끔히 깨어났다. 선운은 그동안 모르고 있었던 고지엄의 배를 만져보았다. 그는 만져보고도 알 수 없었다. 고지엄은 아직은 더 기다려야 된다고 하였다. 선운은 사랑스러운 아내를 두 팔로 껴안고는 “정말 고마워.”라고 말하였다.

고지엄은 주민들에게도 인기가 많았다. 그녀는 주민들과 잘 어울렸고, 어려움이 있으면 선운에게 말하여 해결해 주었다. 각간의 아내로서 역할을 단단히 하고 있었다.

선운과 고지엄의 달콤하고 아름다운 나날은 끝날 줄 모르고 지속되었다.

14

중산간 호족의 등장

선운의 몸에 나무뿌리에 의한 상처 자국도 사라지자 정사에 몰두하였다. 눌치상은 주민의 생활 향상을 위하여 육지와의 교역을 하여야 된다고 하였다.

선운은 교역을 위한 준비 작업에 당리와 고도를 함께 투입하였다. 교역에 필요한 선박도 완성되고 육지와의 새로운 항로도 개척되자 무역에 의한 효과는 금방 나타났다. 눌치상에 의한 개혁도 순차적으로 진행되었다. 그러나 육지와의 교역은 그리 만만치는 않았다. 경험 부족으로 인한 인명 손실도 발생하였고, 물자 손실도 발생하였다. 점차 경험이 쌓여가자 교역은 활기를 띠고, 주민의 생활도 달라지기 시작하였다.

고지엄의 배도 점점 부풀어 올랐다. 그녀의 거동이 불편하게 되자, 선운은 두 명의 시녀를 고용하였다. 밤이면 선운은 부풀어 오른 그녀의 배를 쓰다듬기도 귀를 대어보기도 하였다.

정사에 조금씩 문제도 발생하였지만 순조로운 진행은 계속되었다. 부족 간의 이질성은 점차 사라져 예속된 부족 간의 왕래도 활발하였다.

그런데 심각한 문제가 발생하였다. 중산간의 새로운 강력한 호족이 세력을 확장하여 환능을 노략질하여 위험에 처해 있으며 타지역에도 막강한 영향력을 행사하여 두고 볼 수 없는 처지라는 보고가 들어왔다.

선운은 즉시 당리와 임계를 환능으로 파견하였다.

중산간의 호족장 이름은 수구부리였다. 그는 자그마한 키에 다부진 체격을 소유한 사람으로 항시 가야인들을 몰아내야 한다고 말하고 다녔다. 그의 세력이 커짐에 따라 그를 따르는 사람은 불어나고 있었다. 그의 전술도 특이했다. 원래 숲에서 생활한 그는 숲을 잘 이용하고 있었다. 그들은 역습에 능하였고 불리할 경우 재빠른 움직임으로 숲속으로 숨어들었다.

당리와 임계가 도착하였을 때 그들은 벌써 숲속으로 사라지고 피해를 입은 마을의 상처만 볼 수 있을 뿐이었다. 당리와 임계는 숲속을 정찰하기로 하였다. 정찰하고 있는 그들을 수구부리는 오히려 역습으로 피해를 주고는 사라졌다. 당리와 임계는 당분간 마을에서 진을 구축하고 지켜보기로 하였다.

수구부리는 진을 구축하고 있는 그들에게 언덕에서 불덩이를 만들어 굴려 넣었다. 불덩이를 피하느라 정신없는 그들을 수구부리는 재빨리 공격하고는 상대의 전열이 갖추어지자 숲속으로 사라졌다. 잡으려고 하면 사라지고 지키고 있으면 나타나서 역습을 하고는 사라졌다.

이러한 보고가 선운에게 전달되자 선운은 눌치상과 대책을 논의하였다. 선운이 물었다.

"책사는 이 상황을 어떻게 처리하는 것이 좋다고 생각하시오?"

그러자 눌치상은 "미끼를 던져야지요. 미끼에 걸려들면 사로잡을 수도 있을 것입니다."라고 말하였다.

그래서 선운은 눌치상과 고도도 함께 출정하기로 하였다. 선운이 도착하자 병영에는 활기가 살아났다. 참모들이 모인 가운데 새로운 작전을 펼치기로 하였다. 선운이 말하였다.

"우리의 병력은 여러 번의 전투 경험으로 개인 기량이 우수하며 개인 병기도 우수하다. 또 병력의 수도 그들보다 월등하다. 그러나 적의 뛰어난 기동력으로 치고 빠지는 작전은 아직 경험하지 못한 전술이니만큼 우리도 그에 대비한 전략이 필요하다. 새로운 전략을 펼침에 있어서 각별한 주의가 필요하다."

그러면서 새로운 작전을 하달하였다.

그들은 우선 진영을 옮겨 새로이 높은 곳으로 이동하였다. 그리고 막사 주변에 빙 둘러 횃불을 설치하였다. 며칠이 지나 막사 내부에서는 술판이 벌어지고 병들은 곤드레만드레가 되어 있었다. 또 다음날도 그랬다. 술판이 계속되었고 병들은 몸도 제대로 가눌 수 없는 지경에 이르러서야 수구부리의 병들이 막사 주변을 에워쌌다.

수구부리는 무척 조심스러웠다. 막사를 한참이나 관찰한 후, 드디어 수구부리의 신호에 따라 그들은 언덕을 기어올랐다. 그래도 술에 취한 그들은 몸을 가누지 못하고 잠들어 있었다.

수구부리는 몇 번의 기회에도 쉽사리 공격하지 않았다. 드디어 수구부리는 이호의 병들이 나태해진 틈을 타 공격 명령을 내렸다. 수구부리의 병사들이 언덕을 올라 공격함과 동시에 잠들어 있던 이호의 병사들이 깨어나 방어벽을 구축하고, 어느새 수부구리의 외각으로 선운의 궁병이 일제히 활을 겨누었다.

그때 당리가 나와서 말했다.

"야, 이놈 여우야! 네놈이 결국 호랑이굴에 걸렸구나. 무기를 버리고 항복하면 살려주마."

수구부리는 쉽게 항복하지 않았다. 창을 들고 언덕을 올라 당리에게 창을 들이밀었다. 당리가 재빨리 피하며 한 손으로 창을 잡고는 다른 한 손으로 수구부리의 목을 휘감고 수구부리를 질질 끌고 갔다. 이 모습을 본 수구부리의 병들은 무기를 버리고 항복하였다.

수구부리와 그의 병들은 모두 이호로 압송되었다. 결국 수구부리는 선운에게 복종을 맹세하고 풀려났다.

15

고지엄의 죽음

겨울이 지나고 봄이 화창한 햇살을 이호의 들에 비추일 때 고지엄의 배는 한껏 부풀어 올랐다. 그녀는 부풀어 오른 배를 자랑이라도 하듯 흔들고 다녔다. 마치 "내 배 좀 봐요."라고 하는 듯이.

그러나 운명은 가혹하게도 그녀의 행복을 시기하고 있었다.

출산이 시작되었다. 두 명의 시녀는 출산을 위한 만반의 준비를 하고 바삐 움직였다. 아침부터 시작된 산통에 그녀의 신음이 계속되었다.

선운은 햇살을 받으며 해안을 산책하고 있었다. 그는 오늘 아내의 선물이 아들일지 딸일지 흥분된 묘한 기분으로 잔잔하게 밀려오는 파도를 보고 있었다. 그때 설상대가 그에게 달려와 급히 집으로 가 보라는 것이었다. 어떻게 되었느냐고 물으니 그냥 빨리 가 보라고만 하였다. 직감적으로 불길한 생각에 급히 집으로 가니, 시녀가 나와서 침통한 표정으로 아내가 찾고 있으니 들어가 보라고 하였다.

안으로 들어가니 고지엄은 가냘프게 눈을 뜨고 쳐다보며 무언가 말을 하였다. 가까이 다가가 그녀의 손을 잡고 다시 물었다. 그러자 그녀는 꺼져가는 목소리로 "미안해, 여보."라고 하며 숨을 가쁘게 몰아쉬었다. 그리곤 겨우 말했다.

"불쌍한 내 남편, 나 없이…."

더 이상 그녀는 말을 잇지 못하고 조용히 눈을 감았다.

핏기 없이 파리한 그녀의 옆에서 선운은 소리 없이 어깨를 들먹이며 한없이 울었다. 기대에 부풀어 있던 그의 가슴은 산산이 조각난 존재하지 않는 하얀 백지장 같은 텅 빈 공황상태였다.

장례식은 닷새 동안 열렸다.

이호의 샛별이 사라지자 이호에는 집단적 우울증에 걸려 주민들은 활달하던 생업도 포기한 채 칩거에 들어갔다. 보다 못한 눌치상이 이래서는 안 된다고 하였으나 사람들은 듣지 않았다.

고지엄은 그렇게 떠나고 말았다.

천제님이여

저의 애절함이 크오니

저의 영혼을 경건하게 하옵시고

못다 이룬 나의 영혼을 불태우사

나의 뼈가 바수어져도

사랑하는 이를 위하여 춤추게 하소서

높으신 당신의 제단에

불을 밝히오니

불쌍하고 여린 나의 사람을 위하여

나의 소망을 헛되지 않게 하소

16

유령을 쫓는 사나이

숲길을 걸어가다 축축하게 젖은 이끼 낀 바위에 지친 몸을 기대어 스르르 눈을 감고, 자신의 몸도 짙게 깔린 안개의 일부가 되어 숲 사이를 배회한다.

그러다 보면 먼저 세상을 떠난 자들 한 무리를 만난다. 전쟁으로 사라져 간 생소한 뭇 군상들이 지나가며 적개심 어린 눈으로 쳐다본다. 두려운 마음에 뒤로 물러나자, 낯익은 듯한 한 무리를 마주친다. 물어본다.

"왕자님은 어디 계시나요? 내 아내는 어디에 있나요?"

무언가 말을 하며 지나가는데 알아들을 수가 없다. 그러다 그들 사이로 왕자님의 고통으로 일그러진 얼굴로 언제 나의 원한을 풀어 줄 거냐고 묻고 있다. 아내도 보인다. 반가운 마음에 급히 뒤따르며 소리친다. 그러나 그의 목소리는 꺼져가는 불씨처럼 안개 속으로 꺼져만 가고 있었다. 소리치며 뒤따르는 그를 웃음 띈 얼굴로 돌아보지만 자꾸만 멀어져 간다. 서둘러 다가가 아내의 손목을 덥석 잡고는 가녀린 몸을 두 팔로 감싸 안았다. 잠깐의 따뜻한 기운을 느끼고는, 다시 싸늘한 바람을 느낀다. 과거에 따뜻하게 느꼈던 아내의 체온을 기억하니 다시 따스한 기운을 느끼게 되면서 아내의 몸을 더듬어 본다. 오랜만에 보드라운, 향긋한 아내의 내음에 온몸이 나른해진다.

그는 항시 안개 속에서 유령을 쫓는 정신장애인의 질환자처럼 아내와 왕자님을 쫓아가는 방랑자였다.

그의 동료들을 보고는 정신없이 하는 소리에 동료들의 걱정은 늘어만 갔다. 그의 방황은 한동안 계속되었다.

17

다시 일어서는 선운

현실에 안주하지 않고 그는 이상향을 향하여 꿈을 꾸고 있는 방황하는 나그네 같은 존재였다.

그나마 그를 잡아주고 있던 굳건한 끈이 끊어진 지금, 더 이상 그를 이곳에 머물게 하지 않았다.

그러나 그는 여사제가 암시하는 책무를 떨쳐버릴 수는 없었다. '어서 빨리 힘을 기른 연후 복수를 해야지.'

그는 끝 모르는 내적 분열을 일으키고 있었다.

그 혼란스러움도 잠시, 드디어 그는 자기의 나아갈 방향을 잡고 일어섰다. 그냥 묻어버리기엔 너무나 가슴 아픈 그녀와의 아련한 추억을 가슴 깊이 간직한 채, 마치 그의 운명을 결정지은 잔혹한 현실의 악마에게 복수라도 하려는 듯 두 주먹을 불끈 쥐고 두 발로 대지를 박차고 일어섰다.

서거래와 가까운 변두리 지역에서는 서거래와의 잦은 충돌이 발생하여 많은 사상자와 함께 이주민의 행렬이 끊임없이 일어나고 있다는 보고가 올라오고 있었다. 이에 선운은 두고만 볼 수 없는 형국이 되었다. 그래서 그는 결심하였다.

결연한 표정으로 나타난 그의 모습에서 그의 가락국 동료들은 암울했던 한때의 어두운 상황에서 벗어나 밝은 미래를 보았다. 그들도 앞으로 닥칠 모험을 예견이라도 한 듯 서로의 얼굴을 마주 보며 의미 있는 표정을 지으며 함께 일어났다.

고지엄의 죽음으로 집단적 우울증에 걸려있던 이호에는 이제 집단적 우울증에서 벗어나 새로운 활로를 모색하고 있었다. 선운은 눌치상과 을도동을 불러놓고 호전적인 서거래에 대한 특사를 보내기로 하였다. 성공한다면 전쟁 없이 모두가 평화를 누리며 부족 간의 다툼도 없어질 것이며, 왕래도 원활히 이루어져 경제 사정도 좋아질 것은 분명하였다. 이것은 고지엄이 추구하던 평화였기도 하였다. 그녀의 뜻을 지키고 싶었다.

18

서거래로 진군하다

선운은 눌치상과 을도동을 서거래로 특사로 보내는 한편 군사를 육로와 해상으로 나누어 서거래로 진군하여 압박을 가하기 시작하였다.

잘 갖추어진 이호의 군사들은 당리가 이끄는 6척의 병선은 서거래의 해안으로, 한편 선운이 이끄는 육군도 그들이 건설한 육로를 따라 서거래로 진군하였다.

한편 눌치상과 을도동은 먼저 서거래에 도착하여 서거래의 족장을 만나서 담판을 벌이고 있었다.

그들이 담판을 짓고 있을 때 서거래의 족장에게는 선운의 군사들이 육로와 해상에 도착하였다는 보고가 들어와 있었다.

서거래의 족장 등화룡은 눌치상에게 물었다.

"눌치상께서 나를 만나고자 하는 이유는 무엇이오?"

눌치상이 말했다.

"우리의 각간께서는 영주의 모든 부족이 한데 뭉쳐 부족 간의 살육을 멈추고 평화롭게 살기를 원합니다. 과거의 소소한 해묵은 감정은 모두 지워버리고 우리가 이룩한 새로운 법치 아래 만민이 평등하며 평화롭게 행복해지기를 원하고 있습니다."

등화룡이 언성을 높이며 다시 물었다.

"그 말은 내가 이룩해 놓은 모든 권한과 기득권을 포기하라는 말인가?"

그러자 눌치상은 손을 저으며 말하였다.

"아니오. 당신의 권한은 그대로 가지시오. 다만 당신이 소유한 군사는 해체하고 세수권은 우리의 통제하에 우리의 법에 따라 행하시오."

등화룡은 화를 내며 말했다.

"나보고 당신들의 꼭두각시가 되라는 말이군."

을도동이 말하였다.

"지금 우리에게 예편된 각 부족은 아무런 불편 없이 우리의 법에 따라 잘 지내고 있습니다. 오히려 우리에게 감사하고 있습니다. 잘 생각해 보시오. 전쟁으로 인하여 당신이 얻게 될 결과를. 선택은 당신에게 달렸소. 우리와 맞서 일전을 치르겠다는 것이오?"

등화룡은 잠시 생각하더니 시간을 달라고 하였다. 그러자 눌치상은 이틀간의 여유를 주며 답을 기다리겠다고 하고는 일행을 데리고 본진으로 돌아갔다.

눌치상은 선운에게 회담의 결과를 보고하며 아무래도 등화룡의 동태가 수상하니 미리 대비를 하는 것이 좋겠다고 하였다.

19

등화룡의 반격

등화룡은 이웃 부족장들을 불러모아 대책을 논의하였다. 반격을 하여야 된다는 쪽과 이호의 법치 아래 합류하자는 양쪽의 의견은 좀처럼 결론을 내지 못하고 있었다. 등화룡이 말하였다.

"우리는 조상 대대로 우리의 자랑스러운 풍속과 자존심을 지키며 살아왔소. 그런데 느닷없이 어디서 굴러온 자가 이래라저래라하니 기가 막힐 노릇이오. 나는 우리의 자존심을 걸고 죽기로 맞서 싸울 것이오. 조상의 빛나는 업적에 부끄럽지 않은 인간임을 만천하에 보이겠소. 이것이 바로 나의 정체성이오. 나에게는 계책이 있소이다."

하며 그는 계책을 내어놓았다. 대다수는 그의 말에 동조하였지만, 일부는 가능성이 희박하다며 발길을 돌렸다. 등화룡은 그들을 그냥 보내지 않았다. 자객을 보내어 그들을 처단하라고 지시하였다.

등화룡의 연합병들은 그의 지시에 따라 야밤을 틈타 몰래 선운의 본진이 있는 곳으로 진격하여 신호에 따라 진지를 급습하였다. 그의 계획은 성공한 듯 보였다. 일제히 함성을 지르며 선운의 본진을 쳐들어갔는데 거기는 아무도 없는 빈 막사였다.

그때 눌치상이 웃으며 나타나 말하였다.

"등화룡은 참으로 어리석소. 우리가 당신의 계략에 당하리라 생각하였소? 이미 당신은 포위되어 빠져나갈 곳이 없소. 무기를 버리고 항복하시오."

등화룡은 씩씩거리며 말하였다.

"내 오늘은 운세가 좋지 못하여 이렇게 된 것뿐. 내가 다시 기회를 잡는다면 분명 오늘의 치욕을 갚을 것이오."

그러자 눌치상이 말했다.

"내 그대를 온전히 보내줄 테니 우리 다시 겨뤄보도록 합시다."

그렇게 눌치상은 등화룡을 온전히 보내주었다.

등화룡이 본진으로 돌아가 보니 그곳에는 이미 당리가 차지하고 있었다. 등화룡은 더 이상 갈 곳이 없었다. 커다란 짚동 같은 덩치에 배고픈 늑대 같은 당리에게 잡혀 죽느니 자살하는 편이 나을 것 같았다. 아니나 다를까 당리가 이미 등화룡을 보고는 천둥 같은 소리로 호통을 쳤다.

"네 이놈! 내 여기서 기다린 지 오래다."

등화룡은 화들짝 놀라 걸음아 나 살려라 하고 뒤도 안 돌아 보고 도망쳤다.

이미 날은 밝아오고 지친 병들은 하나둘 흩어지고 절반도 남지 않았다. 그때 등화룡에게 한 참모가 말했다.

"우리가 갈 곳은 딱 한 곳, 눌치상에게로 가는 것뿐입니다."

그러자 등화룡은 한숨을 푹 쉬면서 맥없이 말했다.

"내 어리석은 자만심이 스스로 사망의 골짜기로 내모는구나."

20

관대한 선운

등화룡은 어쩔 수 없이 눌치상에게로 가 머리를 숙이고 목숨을 구걸하였다.

온화한 눌치상이 웃으며 말했다.

"그대의 처분은 내 소관이 아니오. 곧 각간께서 오셔서 당신에 관한 결정을 내릴 것이오."

조금 있으니 키가 크고 얼굴에는 구레나룻이 멋지게 얼굴을 장식하고 호수 같은 맑은 눈동자에 얼굴빛은 밝고 인자하나 감히 넘볼 수 없는 기품을 지닌 선운의 모습에 등화룡은 감히 쳐다보지도 못하고 머리를 숙였다. 을도동이 각간에게 등화룡에 대한 보고를 올리자, 선운은 미소를 머금은 얼굴로 을도동에게 어떻게 하는 것이 좋겠는지 되물었다. 그러자 을도동이 겸손하게 말했다.

"예, 그는 우리의 호의를 물리치고 전쟁을 선택하였습니다. 이것은 분명 사형감입니다."

그러자 선운이 말했다.

"을도동의 말은 타당하다고 생각하오. 그러나 나는 서거래로 올 때 단 한 사람의 피도 흘리지 않고 모두가 평화롭게 사는 세상을 만들고자 하는 데 목적이 있었소. 그래서 등화룡을 죽이지 않고 그를 멀리 추방하여 자유로운 삶을 살게 할 것이오."

선운의 이 말에 등화룡은 거듭 감사해하며 눈물을 흘렸다.

등화룡의 항복으로 서거래와 이웃 부족들은 자연히 이호로 합병되고 이호의 법치 아래 놓여 부족 간의 전쟁 없이 평화를 누리게 되었다.

등화룡은 멀리 산간지방으로 추방되어 고독하고 외로운 삶을 살다 죽었다.

21

여사제의 훈시

이호로 돌아온 선운은 꿈에 여사제로부터 계시를 받고 있었다.

선운이 여사제에게 물었다.

"어찌하여 나에게 주신 배필을 그렇게 야속하게 거두어 가시면서 나더러 책무를 다하라고 하시는지요. 내 가슴은 너무나 시리고 아프기만 합니다. 차라리 나를 거두어 가시지. 나는 뼈에 사무치게 하늘을 원망합니다."

그러면서 선운은 소리 내어 울었다. 그러자 여사제가 말했다.

"당신은 하늘이 선택하고 하늘이 부여한 책무를 영광스럽게 생각하고 그 일을 수행하여야 합니다. 그러다 보면 많은 사람에게 존경을 받기도 하지만, 때로는 비판을 받고 모멸감을 느끼는 오해를 받기도 하지요. 또는 야수적인 피비린내를 풍기며 고결한 목적을 달성하여야만 하는 경우도 있지요. 인간의 일생이란 덧없이 사라지는 안개와 같은 것이니, 나의 행복했던 순간이 너무 짧았다는 아쉬움을 버리고 앞으로 전개될 일에 매진하시길 바랍니다."

그러고는 여사제는 사라졌다.

선운은 깨어나 여사제의 암시를 곰곰이 생각하고 있었다. 지나온 일들을 생각하니 새로운 각오가 피어올랐다.

이제야말로 왕자님의 복수를 실행할 때가 오고야 말았다.

22

새로운 개편

선운은 눌치상과 을도동을 불러놓고 영수의 통치에 관한 자신의 뜻을 이야기하고, 서거래는 을도동이, 이호는 눌치상이 이렇게 두 개의 구역으로 나누어 관리하여 줄 것을 당부하였다.

그리고 그는 당리, 고도, 임계를 불러 왕자님의 복수를 하고, 가야로 돌아가야겠다고 하며 그들의 의견을 물었다. 그들은 하나같이 찬성하였고 그리고 함께 온 가야인들과 상의하여 동행 여부를 알아보니 모두 함께 가겠다고 하였다. 후풍도에서 함께 온 대원, 영주의 현지인 및 그들의 가족 등으로 총인원은 마흔세 명으로 불어나 있었다.

선운은 많은 인원에 대한 막중한 의무감을 마음속 깊이 느끼며 두 척의 배로 나누어 항해하였다.

이호를 떠나는 선운 일행을 눌치상이 나와 배웅하고 있었다. 선운이 눌치상에게 말하였다.

"그동안 당신의 끊임없는 배려와 도움에 깊이 감사하오. 이제 가야로 가게 되면 언제 만나게 될지 모르오. 부디 영주의 주민이 당신의 현명하신 지도하에 평화를 누리시길 빕니다."

그러자 눌치상이 말했다.

"부족한 제가 어찌 각간께서 하신 일의 절반이라도 따를 수 있겠습니까. 각간께서 돌아오시는 그날까지 최선을 다하여 뜻에 어긋남이 없도록 하겠습니다."

그렇게 그들은 영영 만날 수 없는 이별을 하고 있었다.

23

다시 후풍도로 가다

선운의 배는 이호를 떠나 후풍도로 가고 있었다.

그는 뱃머리에 서서 후풍도에서 있었던 과거를 회상하며 깊은 생각에 잠겨 있었다. 이때 고도가 그의 옆으로 다가와 말을 던졌다.

"어떻게 할까요? 우리들의 계획대로 진행할까요?"

"가세. 가서 우리들이 해야 할 임무가 있지 않은가. 모두들 오랫동안 별러 온 일이잖아."

그들은 헤거루 왕자의 복수를 생각하며 후풍도로 나아가고 있었다. 복수할 방법을 여러 가지로 구상하고 있었다. 마녀가 탐낼 만한 보물도 준비하고 있었다. 마녀의 심장에 꽂아줄 원한 맺힌 뜨거운 복수의 화살도 충분히 준비되었다. 여차하면 불에 태울 준비도 하였다. 그러나 어찌 된 영문인지 사자바위를 지나갈 때도 마녀는 나타나지 않았다. 마음을 졸이며 후풍도에 도착할 때까지 마녀는 나타나지 않았다.

그들이 후풍도에 도착하니, 환영 인파가 몰려와 뱃머리엔 일대 혼잡을 이루었다. 후풍도 출신인 병사들은 그들의 부모 형제를 만나 오랜만의 해후를 풀고 있었고 탐라에서 가정을 이룬 사람은 가족을 소개하느라 상기된 표정이 역력하였다.

선운과 그의 일행을 알아본 주민들이 앞다투어 그들 앞에 엎드려 절하며 기뻐하였다. 후풍도의 새로운 족장이 선운 앞으로 나와 족장을 상징하는 목걸이를 바쳤다. 그러자 선운은 사양하며 말했다.

"아니오. 우리는 곧 가야로 떠나야 합니다. 여기선 왕자님의 진혼제를 올리고 떠날까 합니다. 족장께선 우리가 진혼제를 지낼 수 있게 도와주시길 부탁합니다."

"여부가 있겠습니까. 말씀만 하시면 언제라도 돕겠습니다."

선운은 족장으로부터 다음과 같은 이야기를 들었다.

24

진혼제를 올리다

헤거루가 사자바위가 된 후 마녀 수구미는 아이를 낳았는데, 아이가 자라면서 자주 해안에 나와서 사자바위를 쳐다보는 모습이 발견되곤 하였다. 그러던 어느 날, 푸랭이섬에서 마녀의 비명에 가까운 처절한 외침이 들리면서 사자바위 뒤로 새로운 작은 새끼 사자바위가 생겨났고, 날마다 밤이면 푸랭이섬에서 수구미의 처참한 절규가 들려왔다고 하였다. 어느 날 수구미는 산 위로 올라가 기도하는 모습이 보였고, 그 뒤 요란한 천둥소리와 함께 번개가 내리치면서 하얀 꽃가루가 되어 하늘로 피어올라 사자바위를 선회하다 그 위로 사뿐히 내려앉았다는 것이다. 이후 사람들이 조심스레 푸랭이섬으로 가 보았으나 마녀의 어떠한 종적도 찾을 수 없었다는 것이다.

이러한 이야기를 들은 선운은 사건의 종말을 짐작할 수 있었다. 선운은 마녀에 대한 복수심도 버렸다. 그날 저녁 한 여인이 선운을 찾아와 선운 앞에 엎드려 절하며 보자기 하나를 풀었다.

놀랍게도 그것은 헤거루 왕자가 지니고 있던 하백의 목걸이였다. 여인이 말했다.

"어느 날 물질을 하는데 이상한 물건이 보여 가져와 보관하였습니다.

예사롭지 않은 물건이란 걸 알았지요. 그런데 꿈에 왕자님이 나타나셔서 저에게 말씀하셨습니다. 이 물건을 가야인들이 오면 전달하라고 하셨습니다.”

선운은 그것을 본 순간 온몸에 전율을 느끼며 두 눈에 뜨거운 눈물이 흘렀다. 선운은 감사하다는 말과 함께 그 여인에게 많은 선물을 주어 보냈다.

다음날 족장의 도움으로 진혼제 준비는 순조롭게 진행되었다. 준비가 끝나자 향을 피우고 고도가 제문을 읽었다. 모여있던 사람들이 모두 절하고 일어서자 거대한 사자바위에서 웅대하고 장엄한 울림이 온 바다에 울려 퍼졌다.

이후로 후풍도 사람들은 4월이면 사자바위의 왕자님을 위한 진혼제를 지내게 되었다.

25

또 하나의 책무

그날 밤 선운은 꿈에 여사제를 만났다. 여사제는 말했다.

"당신의 책무 중 이제 하나는 완수하셨습니다. 부족 간의 살생이 중단되고 모두 화합하며 살게 되었습니다. 이제 흥선국으로 가셔서 헤거루 왕자를 모시고 당신의 책무를 완수하시기 바랍니다."

그러자 선운이 의아해하며 다시 물었다.

"아니, 헤거루 왕자님은 바위가 되셨는데 흥선국에서 왕자님을 모시다니, 날 우롱하시는 겁니까?"

"흥선국으로 가시면 아시게 될 겁니다."

그러면서 여사제는 얼굴에 미소를 띤 채 사라져갔다. 선운은 소리쳤다.

"아니, 기다리시오! 내가 이해할 수 있게 말해주시오!"

그러나 여사제는 입가에 미소를 머금은 채 사라졌다.

26

다시 미인국으로

선운이 깨어나 다시 항해 준비를 하는데 고도가 와서 물었다.

"대장, 이제 어디로 가실 겁니까? 바로 가락국으로 갈까요?"

그러자 선운은 잠시 망설이다 말했다.

"아니. 미인국(흥선국)으로 가세. 할 일이 남았네."

그러자 고도는 의아한 눈빛으로 선운을 쳐다보았다. 그러나 선운은 아무 말 없이 바다만 응시하고 있었다. 흥선국에서 헤거루 왕자를 모시게 된다니 이건 도대체 무엇을 의미하는지 알 수가 없었다. 영수에서 짊어지고 있었던 무거운 짐을 내려놓고 이제 새로운 짐을 그는 안고 있었다. 일단 가 보는 수밖에, 하며 마음을 정리하고 있었다. 배가 다시 출항할 준비가 되었다는 연락을 받고 선운은 배에 올랐다.

후풍도 출신의 세 명은 그들이 이룬 가족과 함께 후풍도에 남게 되어 총인원은 서른일곱 명으로 줄었다.

배는 순풍을 타고 순항하고 있는 가운데 선운과 고도는 햇살을 쬐고 있었다. 고도가 선운에게 물었다.

"왕자님에 대한 수구미의 사랑을 어떻게 보고 계시나요?"

"나로선 어떻다고 말하기 어렵네. 처음엔 무척 분개하여 어떻게 복수할까 하며 고심하였지. 지금은 마음을 추스르며 다른 각도로 보고 있기도 하네. 아름답고 비애가 담긴 사랑이런가."

그러자 고도는 이렇게 말했다.

"그 말은 지고지순한 사랑이라는 말인가요? 아니면 악랄한 마녀의 과욕이 빚은 참담한 결말인가요?"

선운의 말은 이러하였다.

"보는 사람의 관점에 따라 달라질 수 있겠지만 평소 왕자님의 성품으로 봐서는 비참한 결말은 아닐 테지."

그들은 긍정적인 결말로 종결짓고 있었다.

27

여왕의 한탄

두 척의 배로 나누어 승선한 선운 일행은 선운의 배를 선두로 하여 항해를 시작하였다.

배는 어느덧 흥선국(미인국)의 잘 다듬어진 선착장에 도착하였다. 선운 일행은 미리 군장을 풀고 여전사들의 안내를 받아 여왕 앞으로 갔다. 여왕이 물었다.

"선운 그대는 어찌하여 왕자님을 보필하지 않고 혼자 오셨소?"

그러자 선운은 여왕에게 자초지종을 설명하고, "이 모든 것은 소인이 불충한 탓으로 일어난 일이기에 가야로 돌아가 수로 대왕님의 처분을 달게 받을 것입니다."라고 했다.

그러자 여왕은 두 눈에 눈물을 고이며 이렇게 말하였다.

"세상 인간사 참으로 허망하구나. 때가 되면 돌아오실 것으로 알고 있었는데 이런 소식을 접하려고 왕자를 키웠던가."

그 말을 듣는 순간 선운의 뇌리에 번개 같은 직감이 왔다. 선운은 생각했다. 여사제가 암시하는 것이 바로 이것인가. 선운이 여왕에게 말했다.

"왕자님을 제가 만나 뵈올 기회를 주시겠습니까?"

그러자 여왕이 말했다.

"왕자는 아직 어려 당신이 혹시 왕자의 심기를 불편하게 할까 염려되어 허락할 수 없으니 그냥 돌아가시오. 여기서 여독을 풀 수 있는 며칠간의 여유는 주겠소."

선운은 감사하다는 말을 남기고 물러났다.

28

거루 왕자를 만나다

그리고 선운은 동료들에게 돌아와 자세한 이야기를 들려주며 의논하였다. 당리는 왕자를 유괴하여 도주하자고 하였다. 고도는 이렇게 예기치 못한 일이 있을 줄이야 하고 놀라며 기쁨을 감추지 못했다. 당리는 우리 왕자님께서 살아계셨다며 얼굴에 희색이 만연하였다. 그들은 어떻게 해서라도 왕자님을 모시고 가야로 돌아가야 한다고 말하였다.

다음날 선운은 바닷가로 나가 잔잔한 물을 바라보며 그동안의 누적된 피로를 풀며 명상에 잠겨 있었다. 그의 뒤에서 들리는 아이들의 명랑한 웃음소리에 돌아보았다. 한 여전사가 아이들을 돌보고 있는 듯하였고 아이들은 공놀이를 하며 놀고 있었다.

아이들의 해맑은 웃음소리는 청량제가 되어 주변의 공기를 정화시키며 선운의 복잡한 심적 상태에도 청량제가 되어 그를 평화의 세상으로 인도하였다.

아이들이 놀던 중에 공이 선운에게로 굴러왔다. 선운이 굴러온 공을 주워 올리자 여러 명의 아이들이 선운에게로 달려왔다. 아이들이 얼마나 공놀이를 즐기고 놀았는지 공을 감싸고 있는 짚은 헤어져 너덜너덜

삐져 나와 있었다. 그중에는 사내아이도 계집아이도 있었다. 한 아이가 선운에게 말했다.

"넌 처음 보는 사람인데, 누구냐?"

선운은 금방 알아보았다. 헤거루 왕자를 빼어 닮은 얼굴에 몸짓이나 걸음걸이까지도 닮아 있었다. 비록 몸집은 작았지만 사자바위가 풍기는 우람하고 높은 기상을 이어받은 듯한 그 자태에 선운은 황홀경에 빠져들었다.

선운은 무릎을 꿇고 공을 주며 말했다.

"예, 저는 가락국에서 온 선운이라 합니다."

그때 아이를 돌보던 여전사가 급히 달려와서는 "물러서라!" 하며 경계심을 보였다. 그러자 사내아이는 괜찮다며 여전사를 만류하였다. 여전사도 순간 멈칫하고는 선운을 쳐다보고는 혼란스러운 표정이 되었고, 선운도 그녀를 알아보고는 말했다.

"아니, 당신은 세소녀가 아니오?"

그러자 그녀는 잘못 보았다고 하고는 눈길을 돌렸다. 그때 소년이 선운에게 말을 걸었다.

"난 거루라고 해. 어때, 나하고 친구가 되겠어?"

"예, 영광스럽게 받아들이겠습니다."

선운은 순간 어안이 벙벙하여 할 말을 잊었다.

소년은 내일 공놀이를 함께하자고 하고는 동료들과 함께 사라졌다. 참으로 신통하고 경이로운 일이었다. 여사제의 암시는 바로 이것이었구나 하며 감복하였다. 그의 머리는 복잡하게 돌아가고 있었다. 선운은 당분간 오늘 있었던 일을 비밀에 부치기로 하였다.

29

세소녀의 고백

선운은 숙소로 돌아와 깊은 생각에 잠겼다. 짧은 사랑이었지만 그녀는 분명 세소녀가 틀림없다는 생각과 왜 피하는지 알 수가 없었다.

다음날 선운은 어제 소년을 만났던 장소로 다시 가서 소년을 기다렸다. 그러나 소년은 오지 않았다. 어찌 된 영문인지 알 수 없었다. 조금 지나 한 여전령이 다가와 여왕이 선운을 찾는다고 하였다. 선운이 여왕 앞에 당도하자 여왕이 말했다.

"내가 왕자의 혼란스러움이 염려되어 만나지 못하게 했거늘, 어제 왕자를 만났다는 보고를 들었소. 더 이상 이곳에 머물지 말고 떠날 준비를 하고 내일 떠나시오."

그러자 선운은 간직하고 있던 하백의 목걸이를 꺼내어 여왕에게 주며 말했다.

"이 목걸이는 헤거루 왕자님께서 지니시던 물건입니다. 거루 왕자님께 전해주시기 바랍니다."

여왕도 그 목걸이를 알고 있었다. 여왕은 흔쾌히 그렇게 하겠다고 말했다. 그리고 여왕은 덧붙여 말했다.

"왕자를 데려갈 생각은 추호도 하지 마시오. 나는 당신이 무슨 생각을 하는지 알고 있소."

선운은 자기의 의중을 알고 있는 여왕이 두렵기도 하였다. 선운은 아무런 내색 없이 물러나왔다.

선운이 여왕의 처소에서 물러나오자 밖에서 세소녀가 기다리고 있었다. 그녀는 선운을 몰래 따라와 비밀스러운 이야기를 들려주었다. 어제 공놀이하던 다섯 아이는 모두 가야인들의 아이고 그중 왕자 옆에 있던 계집아이는 선운의 아이라는 것이었다. 여왕의 엄명이 있어 함부로 발설해서는 안 되는 극비사항이라 어제는 알면서도 모른 체하였다는 것이었다. 계집아이의 이름은 소분녀라고 하였다. 선운은 감사하다는 말과 내일이면 떠나야 하니 함께 가자고 하였다. 세소녀는 그럴 수 없다고 말했다. 선운은 처소로 돌아와 동료들을 불러 모았다. 그리고 여왕이 내일 떠나라는 말과 세소녀의 이야기를 들려주며 대책을 논의하였다.

30

여왕은 잠 못 들고

여왕은 심기가 불편한 상태로 잠을 이루지 못하다 겨우 잠이 들었다. 여왕은 꿈을 꾸고 있었다.

그녀의 꿈에 헤거루 왕자가 나타나 가야의 아이들을 돌려주라는 것이었다. 헤거루 왕자는 황금사자로 보였다가 본연의 모습으로 돌아가기도 하였다. 여왕은 평소에 그렇게도 그리던 왕자를 꿈속에서 보고는 그녀의 그동안의 그리움에 사무친 속마음을 털어놓았다.

그러나 꿈속의 헤거루는 너무나 냉정하게 가야의 아이들을 돌려주라는 것이었다. 여왕은 그럴 수 없다고 말하며 그 아이들은 우리의 꿈이며 우리의 희망이라고 말했다. 우리가 그동안 아이들을 위하여 얼마나 많은 노력을 기울였는데, 이제 그들이 와서 돌려달라니 말이 되느냐며 반대하였다. 그러자 황금사자는 "하늘의 뜻을 거역했을 때 입게 될 화를 어떻게 감당하겠느냐. 그대에게는 하늘의 다른 계획이 있으니 그리 알게나."라고 하였다.

너무나 냉정한 왕자의 말에 여왕은 가슴이 먹먹해 말을 잇지 못하고 혼자 울먹였다.

여왕이 꿈에서 깨어나 보니 너무도 기억이 생생한 꿈인지라 더 이상 잠을 이루지 못하였다.

얼마나 사무치게 그리워한 님이었건만, 꿈속에선 어찌 그리도 냉정하였던지.

31

선운, 전투준비를 하다

선운 일행은 야밤을 틈타 그들이 정박해 놓은 배로 몰래 잠입하여 군장을 챙기고 부녀자는 배로 옮겼다. 배에는 감시병 세 명을 남기고 모두 뱃전에서 날이 밝기를 기다렸다. 날이 밝아오자 선운을 선두로 하여 여왕의 처소로 향하여 나아갔다.

창을 든 여전사들이 그들을 에워싸고 저지하려고 하였으나, 막강한 선운의 군사 행진을 막지 못하고 그냥 따라가고 있었다. 선운이 여왕의 처소에 도착했을 때 여왕은 소란스러운 소리에 나와 있었다.

여왕이 선운을 보고 큰 소리로 말했다.

"선운, 당신은 무슨 일로 군장을 하고 여기까지 왔단 말이오?"

"거루 왕자를 모셔가야겠습니다. 순순히 응하지 않으면 일전도 불사하겠소."

"어림없는 소리. 당신은 지금 억지를 부리고 있는 것이오. 거루 왕자는 나의 아들인데 당신이 가야로 데려가겠다니, 이 무슨 억지란 말이오?"

왕자님의 팔에는 분명 헤거루 왕자님의 팔찌가 있소. 그것이 바로 거루 왕자님은 가야의 왕자임을 증명하고 있소. 여기 있는 모든 가야인을 데려가야겠소.

선운의 그 말에 여왕은 가슴이 조여들며 숨을 제대로 쉴 수가 없었다. 여왕이 정신을 가다듬어 말했다.

"아이들은 아직 어려 엄마가 보살펴야 되오, 아이들이 더 성장하면 그때 보내도 늦지 않소."

선운은 여왕의 의도를 알아채고 아이들의 엄마와 함께 아이들을 당장 데려가겠다고 말했다.

그러자 여왕이 더 이상 고집을 부렸다가는 무력행사도 불사하겠다는 선운의 뜻을 간파하고 아이들을 불러와 그들의 뜻을 물어보자고 말하였다. 선운도 동의하였다.

다섯 명의 아이들이 세소녀의 인솔하에 나란히 나오며 뒤에는 세 명의 여자가 함께 왔다. 여왕이 그들에게 물었다.

"자, 이제 저 가야인들과 같이 가겠는가? 아니면 여기 남아 나와 함께하겠는가?"

잠시 침묵이 흐른 후 모두 가야인들과 같이 가겠다고 하였다.

여왕은 깜짝 놀랐다. 모두 여왕과 함께 있겠다는 당연한 대답을 기대하였는데 대답은 너무나 뜻밖이었다. 이미 선운은 예견하고 세소녀에게 전날 밤 설득하여 놓았던 것이다. 선운은 회심의 미소를 띄며 여왕을 쳐다보았다. 여왕의 얼굴은 절망적으로 변하여 어찌할 바를 모르는 듯 침통하게 변하였다.

"안 된다. 아무도 보내 줄 수 없다. 저들을 막아라."

여전사들이 창을 겨누고 가야인들을 에워쌌지만 선운의 칼이 먼저 여왕의 목을 겨누고 있었다. 선운이 말했다.

"여왕께서도 함께 가셔야겠습니다."

이런 난리 통에 아이들과 여자들은 울고불고 법석이 났다. 선운은 침착하게 아이들과 여자들을 선착장으로 인도하라고 지시했다. 당리를 선두로 하여 나아가니 여전사들은 감히 나서질 못하고 길을 열었다.

32

새로운 항해의 시작

선운은 여왕을 놓아주며 안녕을 빌었다.

배는 돛에 바람을 한껏 부풀려 나아가기 시작했다. 그때였다. 선창에서 있던 여왕이 창을 선운을 향하여 던졌다. 선운은 예견하고 있었던 것같이 여왕이 던진 창을 가볍게 피하며 여왕을 향하여 소리쳤다.

"우리 다음에 만나면 창던지기 시합합시다."

허탈하게 서 있는 여왕을 뒤로하고 그렇게 배는 떠나고 말았다.

고도는 울돌목을 피하여 멀리 외해로 배의 진로를 잡고 나아가고 있었다. 뒤에서 따라오는 배에는 아이들과 여자들이 타고 당리가 지키고 있었다. 그러나 거루 왕자는 당분간 선운과 같이 지내게 되었다. 거루는 온종일 시무룩하게 말도 하지 않았다.

선운이 물어봐도 말을 하지 않았다. 선운은 깨달았다.

자기를 돌봐준 세소녀가 옆에 없고 친하게 지내는 소분녀가 없으니 그렇구나 하고 생각한 선운은 당리가 인솔하고 있는 뒤편 배에서 세소녀와 소분녀를 옮겨 왔다. 과연 거루의 행동은 달라졌다. 세소녀와 소분녀를 본 거루는 무척 반기며 행동이 활발해졌다. 이후로 선운과도 잘 어울려 놀았다.

배는 완도를 지나 무수한 섬이 산재한 지역을 지나고 있었다. 그때 고도가 선운에게 와서 말했다.

“대장, 예상치 못한 일이 벌어지고 있어요. 우리 배가 가야 할 방향이 아닌 다른 방향으로 끌려가는 듯합니다. 아무리 방향을 틀어도 한곳으로 가고 있어요.”

선운은 난감한 표정을 지으며 배가 가고 있는 방향을 주시했다. 과연 배는 자석에 끌려가듯이 한 방향으로 가고 있었다.

33

시간이 존재하지 않는 섬

가야인들을 태운 배가 도착한 곳은 황금빛 모래가 펼쳐진 아담한 해안이었다. 그들은 어쩔 수 없이 배를 정박하고 모두 하선하였다. 선운은 정찰대를 구성하고 섬을 둘러보기 시작했다. 섬에는 특이한 점이 발견되지 않았다. 선운은 생각했다.

'무엇이 우리를 이리로 인도하였고, 목적이 무엇이었을까. 우리가 가고자 하는 가야로 갈 수 있을까?'

선운은 동료들이 기다리는 곳으로 돌아와 먼저 임시 거처를 준비하라고 지시하였다. 임계가 선운에게로 다가와 말했다.

"대장. 우리가 이대로 안전하게 가야로 갈 수 있을까요? 우리가 무슨 힘에 이끌려 이리로 오게 되었는지 이해가 안 됩니다."

선운도 동감이라고 말했다. 그런데 무슨 영문인지 불안한 마음이 들지 않는다고 했다. 그날 그들은 임시 거처가 마련되는 대로 편안한 잠을 이루었다. 바람이 불어오는 곳은 따뜻하였고, 향기롭기도 하여 모두 편안한 밤을 보냈다. 그날 밤 세소녀는 선운과 함께 그동안의 밀렸던 이야기로 꽃을 피우며 보냈다.

다음날 선운은 아이들의 재잘거리는 소리를 들으며 일어났다. 거루왕자는 또래 아이들과 어울려 놀고 있었다. 역시 공놀이를 하고 있었다. 한편 여인네들과 남자들이 어울려서 화덕을 피우고, 아침을 준비하고 있는 모습은 완벽한 평화로운 세상을 구현하고 있었다. 선운도 온갖 상념으로부터 벗어나 한가로이 주변에 동화되어 가고 있었다.

그들은 가야로 돌아갈 생각은 잊어버리고 집을 마련하기 시작했고, 섬에서 주는 대로 생활에 부족함 없이 지내고 있었다. 선운은 거루 왕자와도 가까워져 함께하는 시간이 많아졌고, 거루도 선운에게 의존하고 있었다.

어느 날 세소녀가 선운에게 물었다.

"당신은 언제 가야로 돌아가실 겁니까?"

그러자 선운은 의외라는 듯 말하였다.

"충분한 휴식을 가진 후 가겠소."

그러자 세소녀는 뜻밖의 말을 하였다.

"이 년이 지났는데도 휴식이 더 필요하나요?"

선운은 깜짝 놀라면서, "아니, 이 년이라니, 그럴 수가? 당신은 무슨 그런 터무니없는 말을?" 하며 믿지 못하였다. 그때 소분녀가 왔다. 그의 딸은 어느새 처녀다운 성숙함을 풍기고 있었다. 그러고 보니 거루 왕자도 선운이 느끼지 못하는 사이에 부쩍 자라 있었던 것이다.

그는 당리, 고도, 임계를 만나 모두에게 물어보았다. 한결같은 대답은 이 섬에 온 지 며칠밖에 되지 않았다고 대답했다. 선운은 그들에게 여기 온 지 이 년이 흘렀다고 말했다. 모두 놀라며 사실이냐고 되물었다. 그래서 그들은 함께 온 여인들을 불러놓고 물어보았다. 모두 사실이라고 말하며 함께 온 아이들이 자란 것을 보라고 말했다.

선운은 모두와 상의한 후 섬을 떠나기로 하고 어떻게 벗어날까 고심했다. 그날 밤 선운의 꿈에 여사제가 나타났다.

"이 섬은 풍부한 물과 온갖 열매가 열려 한때는 많은 주민이 살았는데, 너무나 평화로운 그들을 시기한 악령들은 이 섬에 그들의 하수인 뱀을 풀어 주민들을 고통스럽게 만들고, 결국에는 모든 주민이 뱀독에 감염되어 죽고 무인도가 되고 말았지요. 악령들은 어떻게든 다시 이 섬으로 사람을 끌어들여, 뱀들의 먹이로 만들고자 합니다.

이 섬을 빠져나갈 방법은 배의 뒤편에는 대나무로 장막을 만들어 섬의 기운을 막고, 아무도 뒤를 돌아보지 말 것이며, 노를 저어 섬으로부터 10리를 벗어난 후 돛을 올려 정상적으로 항해하되, 만약 하나라도 어기게 되면 대가를 치르게 될 것입니다."

그리고 여사제는 사라졌다.

34

대나무를 구하다

선운은 배 뒤편에 가릴 장막 설치를 위한 충분한 대나무를 구하기 위하여 섬의 숲을 누비고 다녔다.

그러다 임계로부터 대나무 숲을 발견하였다는 신호가 왔다. 모두 그곳으로 가 보니 임계가 두려움에 질린 표정으로 굳어있었다. 그곳에는 대나무밭이 넓게 자리하고 있었는데, 주변을 뱀들이 지키고 있었다. 그리고 뱀의 왕이 뱀들의 호위를 받아 큰 몸집을 우뚝 세우고 임계를 노려보고 있었다. 뱀의 왕이 그들을 노려보며 말했다.

"내가 이 대나무숲을 지킨 지 아주 아주 오래되었다. 하지만 그 오랜 세월 동안 인간이 찾아오지 않아 무척이나 배가 고팠지. 정말 그대들의 방문을 환영한다. 여러 친구까지 이렇게 불러주니 말이야."

뱀의 왕은 아주 흡족한 듯이 말했다. 선운은 뱀왕의 뜻을 알고 한껏 추켜세우며 말했다.

"뱀의 왕이시여, 당신의 명성은 이미 온 천하에 널리 알려져 있으며, 당신의 미덕은 따를 자가 없다고 합니다. 왕이시여 바라옵건대 당신의 관대함을 베푸시어 여기 있는 약간의 대나무와 우리를 보내 주시는 미덕을 보여 주시길 바랍니다."

그러자 뱀의 왕은 호탕하게 웃으며 말했다.

"그래, 난 아주 관대하지. 그대들 모든 인간이 추잡한 욕망으로 가득 찬 진흙탕 같은 세상에서 겪게 되는 온갖 고통과 멸시와 시기, 또 증오와 편견, 모멸과 오해로부터 해방을 시켜주기 위하여 나의 식탁으로 초대하겠네."

그러면서 뱀왕은 다른 뱀들로 하여금 선운 일행을 모두 포위하여 꼼짝 못 하게 하였다. 선운이 말했다.

"오, 위대한 뱀의 왕이시여. 오늘 내가 여기서 죽어 당신의 식탁에 오른다 한들 조금도 서운함이 없을 것입니다. 그러나 마지막으로 당신의 그 우아한 걸음과 현란한 춤을 보지 못하고 죽는다면 한이 될 것입니다. 저의 마지막 소원을 들어주세요."

그러자 뱀왕은 으쓱해져 몸을 추켜세우며 말했다.

"그래. 보아라. 너의 마지막 소원을 위한 나의 우아한 걸음과 자태. 또 나의 현란한 춤을."

뱀왕은 비틀거리며 겨우 일어나 힘겹게 걸어 나오며 몸을 흔들고 춤추기 시작했다. 비틀비틀 흔들리며 자기 춤에 도취되어 있을 때, 선운과 그의 동료들은 박수를 치며 더욱 흥을 돋우었다. 이때 선운이 임계에게 빨리 활을 쏘라고 눈치를 주니, 임계는 재빨리 시위를 당겼다. 화살은 뱀의 눈에 정확히 꽂히면서 뱀은 쓰러졌다. 뱀왕이 쓰러지며 그들에게 저주를 퍼부었다.

"나의 후손들은 풀숲이나 돌 틈에서 항시 너희들의 발목을 노려 사망에 이르게 하거나 고통을 안겨줄 것이며, 너희들의 역사가 진행되는 동안 나의 복수는 계속될 것이다."

다른 뱀들은 뿔뿔이 흩어져 도망갔다. 임계가 어깨에 힘을 주며 “별 볼 일 없는 것들이 까불어.” 하며 으쓱해져 어깨에 힘을 주었다. 선운은 필요한 만큼의 대나무를 확보하여 돌아갔다.

배 후미에는 대나무로 장막을 세우고, 방치되어 상한 배를 보수하고 충분한 준비를 갖춘 뒤 노를 저어 나아가기 시작했다. 배는 아무런 저항 없이 앞으로 나아갔다. 그러나 함께 가고 있던 배가 십 리를 벗어나지 못하고 고도의 아내 소향이 뒤를 돌아보고 말았다. 고도가 재빨리 제지하려고 하였으나 소향은 이미 하얀 연기가 되어 섬으로 빨려들고 말았다. 순간적으로 일어난 사건에 모두 넋을 잃고 말았다. 소향을 잃은 슬픔으로 의기소침해진 그들은 십 리를 벗어난 후 돛을 올리고 다시 힘차게 나아갔다.

35

다시 거로국으로

배는 어느덧 거로국을 지나고 있었다. 선운은 거로국과의 좋은 관계를 회상하며 그곳에서 항해에 필요한 물자들을 보충하고 피로를 풀 목적으로 거로국에 배를 정박하기로 하였다.

거로국에 도착하니 거로국 솔뫼 족장은 모든 거로국 부족을 통합하여 대족장이 되어 있었다. 그는 선운을 알아보고 반가이 맞이하였다. 거로국 대족장은 거루 왕자를 보고는 무척이나 혼란스러운 표정으로 어떻게 어린아이를 데리고 왔는지 물었다. 선운은 간략하게 작은 귓속말로 설명하고, 거루 왕자를 소개하였다.

거루는 그동안 여러 면으로 부쩍 성장해 있었다. 상대를 공손하게 대할 줄도 알았고 자신을 낮추어 겸손할 줄도 알았다. 거로국 대족장과 인사할 때도 자신을 낮출 줄 알았다. 선운도 거루의 행동에 만족하였다. 모두 세소녀의 가르침 덕분이었다. 거로국 대족장도 그러한 거루 왕자에게 호감을 가지며 귀한 손님을 맞이하는 데 최선을 다하였다.

거로국에서 충분한 휴식을 취한 선운은 가야로 돌아갈 준비가 끝나자 출항하였다. 가야에 가까워지자 선운의 말수는 점점 줄어들고 긴장하는 모습이 역력했다. 당리, 고도, 임계는 모두 알고 있었다. 그들이 떠나올 때 수로왕으로부터 받은 당부가 모두에게 커다란 짐이 되고 있다는 것을. 거루 왕자가 그 짐을 어느 정도 덜어주긴 하겠지만 차마 헤거루의 서거를 전하기는 어려울 것이라는 데 그들은 공감하고 있었다. 당리가 선운에게 물었다.

"대장은 수로왕을 만나면 뭐라고 말하겠소?"

"난 할 말이 없네. 처분만 기다릴 뿐이지."

그 말에 모두가 고개를 숙이고 더 이상 아무 말도 못 하고 있었다.

그 많은 상념은 은빛 날개를 타고
부드러운 언덕과 푸르른 들판에
싱그러운 바람을 타고 오르니
고향의 흙 내음이 코끝을 스치도다
가슴에 가득한 그리움이여
지나온 날들이 어떠하였는지

36

가야에 도착한 선운

배는 가락국의 해안에 도달하고 있었다. 모두 뱃전으로 나와 가락국의 해안을 가슴 벅차게 바라보며 감회에 젖어 들었다. 선운은 이미 오래전에 거루 왕자에게 가락국의 여러 가지 풍습과 수로왕을 대할 때에 갖추어야 할 예법을 가르쳤다.

거루 왕자는 할아버지 수로 대왕을 만나보는 것에 대하여 일종의 흥분과 두려움을 동시에 느끼고 있었다. 선운에게는 자주 수로 대왕에 대하여 물어보곤 하였다. 그때마다 선운은 수로 대왕의 인자하신 모습이며, 위풍당당하신 모습에 대하여 들려주며 헤거루 왕자에 대한 이야기도 빼놓지 않고 들려주었다.

배가 선착장에 도착하니 많은 사람이 선운 일행을 맞이하였다. 그들은 곧바로 수로 대왕을 알현하기 위하여 행렬을 갖추고 왕궁으로 향하였다.

수로왕은 이미 보고를 받고 접견장으로 나와 있었다. 그리고 수로왕은 선운을 직접 불러놓고 물었다. 표정은 격앙되어 있었다.

"선운. 그대는 어찌하여 헤거루 왕자를 제대로 보필하지 못하고 내 앞에 나타났는가?"

그러자 선운은 머리를 숙이고 잠시 말을 못 하다 겨우 입을 열었다.

“존경하옵는 대왕마마, 왕자님을 제대로 보필하지 못한 소인은 어떠한 벌이라도 달게 받을 각오가 되어 있습니다. 그러나 지금 바로 아래에 계신 헤거루 왕자님의 아들이신 거루 왕자님을 거두어 주실 것을 부탁드립니다.”

그러자 수로왕은 직접 손자를 보고는 얼굴에 미소를 띠며 손자를 불렀다. 거루를 직접 보고는 헤거루를 빼어 닮은 손자에게 무한한 애정을 느꼈다.

수로왕은 격했던 마음을 누그러뜨리고 조용히 말했다.

“그동안 있었던 일을 소상히 말해보게.”

그러자 선운은 그동안 일어났던 일을 수로왕에게 말하였다. 이야기를 듣고 난 수로왕은 눈물을 흘리며 말하였다.

“내가 하백의 말을 듣고 마음이 심란하여 어찌할 바를 몰랐는데 그대의 이야기를 듣고, 또 이렇게 손자를 보게 되니 내 마음이 한결 가벼워진다. 먼 길을 고생하며 돌아온 그대를 내 어찌 벌할 수 있겠나. 모두 집으로 돌아가 편히 쉬게나.”

선운은 수로왕께 감사하며 거루 왕자를 남겨둔 채 동료들과 집으로 돌아갔다. 그러나 그 발걸음은 무거웠다.

37

와전된 소문은 커져만 가고

선운은 세소녀와 그의 딸 소분녀를 데리고 새로운 가정 꾸리기에 바쁜 나날을 보내고 있었다.

그런 와중에도 그는 동료들과 틈틈이 만나 그들과 교분을 나누며 장래의 관심사에 대한 이야기를 나누곤 하였다. 그들은 아직도 너무 젊었다.

어느 날, 거루 왕자가 소분녀를 찾아왔다. 소분녀와 거루는 자주 만나 함께 온 또래들과 어울려 놀았다. 허 황후는 선운을 못마땅하게 보고 있었는데, 거루 왕자가 자주 선운을 찾아가는 것도 불편한 눈으로 보고 있었다.

허 황후는 거루에게 선운을 만나는 것을 금지시켰다. 헤거루 왕자를 제대로 보필하지 못하고 살아 돌아온 그들을 원망하고 있었던 것이다. 거루가 계속하여 소분녀를 만나자 드디어 허 황후의 부글거리던 심적 상태가 폭발하고 말았다. 헤거루 왕자를 보필하라고 보낸 자들이 자기들만 버젓이 살아남아 이제는 왕국의 왕자를 탈취하려는 음모를 꾸민다고 돌아다니며 퍼트렸다.

시간이 지나면서 퍼트린 소문은 반란을 꾸미고 있다고 부풀려 번지고 있었다. 선운은 더 이상 두고 볼 수 없다고 판단하여 함께하였던 동료들과 만나 대책을 강구하기 시작했다. 우선 거루 왕자와 소분녀의 만

남을 중지시키고, 수로왕을 만나서 소문의 진실을 밝혀 사태를 진정시키기로 하였다.

선운이 수로왕을 알현하여 수로왕의 의중을 들어보니 수로왕은 조금의 의심이나 경계심 없이 여전하게 선운을 신뢰하고 있었다. 선운은 가벼운 마음으로 돌아와 동료들에게 마음 놓고 일상에 전념하자고 말하였다.

허 황후는 헤거루를 빼어 닮은 거루를 무척이나 아끼고 사랑하고 있었다. 심지어 거루 왕자가 수로왕의 후계자가 되게 하려고 마음먹고 있었다. 거루 왕자를 마치 자기 자식인 양 돌보고 있는 선운과 세소녀를 항시 눈엣가시처럼 여기고 있었다.

허 황후는 자기의 심복 견비루를 불러 수시로 그들의 동태를 파악하게 하고 압박을 가하였다.

견비루는 허 황후가 아유타국에서 올 때 호위무사로 데려온 사람이었다. 견비루의 뛰어난 자질을 알아보고 수로왕은 그를 허 황후의 호위장군으로 임명하고 총애하고 있었다.

허 황후는 선운이 동료들과 모이기라도 하면 반란을 위한 회합을 가졌다고 하고, 물건이 오가면 전투를 위한 식량 비축을 하고 있다고 소문을 퍼트렸다. 그러던 어느 날 거루 왕자가 선운을 찾아왔다. 거루 왕자의 표정은 무척이나 상기되어 있었다. 허 황후가 견비루에게 지시하여 선운과 그의 동료들을 모두 반역죄로 체포하여 낙동강에서 몰래 처형하라는 명을 내렸다는 것이다.

선운은 거루 왕자로부터 내용을 알게 된 경위 등의 상세한 이야기를 듣고, 지체할 수 없는 상황이라고 판단하고 곧바로 동료들에게 연락을 해서 모이게 하였다. 그들은 고락을 함께한 모든 대원에게 위급한 상황에 대처할 준비 작업을 의논하기 위하여, 거루 왕자가 가져온 정보를 바탕으로 협의하고 있었다.

가족의 안전을 위하여 당리가 선두를, 중앙은 여자들과 아이들, 후미는 선운이 방어선을 맡아서 대열을 유지하며 피신하기로 하였다. 선운의 만류에도 불구하고 거루 왕자도 함께 가겠다고 하였으나 같이 갈 수 없다고 하였다. 너무나 위험한 행동이라고 만류하고 그들만 떠나기로 하였다. 거루 왕자에게는 그를 키워준 세소녀와 선운이 더욱 정들어 있었다.

그들이 가고자 하는 지역은 가락국의 북쪽으로, 가야의 세력권을 벗어난 고성 지역을 염두에 두고 있었다. 이동 수단은 우마차를 동원하여 가기로 하였다. 급박하게 준비가 완료되자 당리를 선두로 하여 출발하였다.

38

허 황후의 추격대

그들이 출발하여 오후가 되자 허 황후에게 보고되고, 허 황후는 노발대발하였다. 허 황후는 즉각 견비루를 불러 추격대를 급파하였다. 그들의 뒤를 견비루의 추격대가 바짝 뒤따라오고 있었다.

선운의 행렬은 더딜 수밖에 도리가 없었다. 선운은 견비루와의 일전을 각오하고 열 명의 병들과 견비루의 추격대를 맞았다. 선운이 견비루를 마주 보며 말했다.

"견비루 장군은 어찌하여 우리의 길을 막으려 하오?"

"난 국가의 반역자를 처단하고 거루 왕자를 모셔가고자 하는 것이니, 순순히 왕자님을 보내시오."

그러자 선운은 거루 왕자님은 여기 계시지 아니하고 가야에 남아계신다고 말하였다. 견비루는 자기가 확인한 바로는 왕자님은 가야에 계시지 않다고 말하였다. 견비루는 포위망을 풀지 않고 칼을 빼어 들었다.

상황이 이쯤 되니 선운도 칼을 빼어 들었다. 이때 선두에 있던 당리도 십여 명의 병사를 데리고 후미로 왔다. 견비루는 즉시 병사들을 풀어 포위망을 만들고 좁혀왔다. 포위망이 좁혀지자 견비루가 말했다.

"난 선운 장군을 다치게 하고 싶은 생각은 추호도 없으니 거루 왕자님을 보내주시오."

이때 당리가 앞으로 나오며 말했다.

"야, 이놈아! 어디서 함부로 주둥이를 놀리냐. 어디 나한테 덤벼 보아라."

그러면서 당리가 육중한 몸으로 철퇴를 휘두르며 견비루를 노려보았다. 그러나 견비루는 조금도 동요함이 없이 칼을 빼어 들었다. 그리곤 칼을 들고 병사들을 향하여 신호를 내렸다. 선운의 병들은 포위된 채 위기를 맞았다.

39

절명의 순간에 나타난 거루 왕자

절명의 순간이었다. 이때 뒤에서 거루 왕자가 나타나 큰 소리로 말했다.

"모두 칼을 거두시오. 나는 나의 뜻에 따라 여장을 하고 몰래 여기에 숨어서 합류하였소. 견비루 장군은 들으시오. 나를 데려가려면 그 칼로 나를 죽이고 데려가시오."

선운도 견비루도 깜짝 놀랐다. 아무도 거루 왕자가 숨어 있는 걸 몰랐다. 오직 소분녀만 알고 있었다. 일이 이쯤 되자 견비루도 할 말이 없었다. 견비루는 칼을 거두고 선운에게로 다가왔다. 그리곤 말했다.

"선운 장군, 잘 가시오. 황후마마께는 내가 알아서 말씀 올리겠습니다."

그리고 두 사람은 각자 갈 길을 갔다.

선운은 거루 왕자와 함께 북쪽을 향하여 나아갔다. 그들의 뒤에는 항시 황금사자가 안전을 지키고 있었다. 그러나 그들은 점차 사자바위를 잊어가고, 그들은 가야의 세력이 미치지 않는 곳에서 새로운 국가를 건설하였다. 그 세력은 가락국 중 가장 강력한 대가야가 되었다. 거루 왕자는 소분녀와의 사이에 많은 자손을 남겨 500년의 역사를 이루었다.

대가야의 핏줄은 헤거루 왕자와 흥선국 여왕 사이에서 출생한 거루 왕자와 선운의 딸인 소분녀 사이에서 출발하였다.

맺음

사자바위를 마치면서

사자바위 1에서는 우리나라의 여러 신과 또 가상의 신을 등장시키며 서구의 신과는 차별화를 꾀하였다. 우리 생활 속에 녹아있는 신들을 등장시키며 나름의 어떤 자존심을 세워보았다.

또 우리나라의 특이한 지형을 감안하여 한국적인 오디세이를 만들고자 1편과 2편의 주인공들의 파란만장한 생을 이야기 속에 녹여내며 독자들의 흥미를 유도하였다.

우리나라 해양의 특성이 모두 드러나길 바라며, 3편은 육지에서 벌어지는 판타지를 대가야로 이어간다.

사자바위

1판 1쇄 발행 2023년 10월 17일
지은이 김세완 **사진** 이범진

교정 신선미 **편집** 윤혜원 **마케팅·지원** 김혜지
펴낸곳 (주)하움출판사 **펴낸이** 문현광

이메일 haum1000@naver.com **홈페이지** haum.kr
블로그 blog.naver.com/haum1000 **인스타** @haum1007

ISBN 979-11-6440-442-1(03180)

좋은 책을 만들겠습니다.
하움출판사는 독자 여러분의 의견에 항상 귀 기울이고 있습니다.
파본은 구입처에서 교환해 드립니다.